여자의 모든 인생은 20대에 결정된다

세상 모든 남자들이 사랑할 수밖에 없는 알파걸로 사는 법

여자의 모든 인생은
20대에 결정된다

남인숙 지음

해냄

서른에는 이미 늦다

어느 날부터인가 나는 똑똑해졌다.

20대를 사는 동안 내내 세상을 더듬거리게 만들던 불투명한 시야가 환하게 뚫리고, 내가 무엇을 말하고 행동해야 하는지 몰라 당황하지 않아도 되었다. 사람들과 같이 있어도 혼자 있는 것처럼 편안하고, 혼자 있어도 누군가와 같이 있는 것처럼 즐거울 수 있게 되었다. 모든 것을 다 알지는 못하지만, 내가 무얼 모르는지 정확히 알 수 있게 되었다.

나는 서른 살이 된 것이다!

스물아홉 살 때, 나는 '잔치는 끝났다'며 서른이라는 나이에 의미를 부여하는 사람들을 이해할 수 없었다. 그런데 막상 서른이 되고 보니 30대는 20대와 달랐다. 30대 선배들이 그토록 거침없이 말하고 행동하던 이유를 그제야 알 수 있었다.

20대 내내 내 화두가 되었던 문제, 즉 '어떻게 살아야 하나?'에 대한 해답은 서른이라는 나이가 준 선물이었다. 작가라는 직업 때문인지 사람들과 사람들 사는 모습에 관심이 많던 나는, 오랜 관찰 끝에 행복하고 멋지게 잘사는 여자들에게서 일련의 공통점들을 발견했다. 그녀들에게는 별거 아닌 것 같지만 특별한 뭔가가 있었다.

내가 발견한 '잘사는 여자들의 성향'과 현재 사는 모습의 인과관계는 너무나 정확하게 맞아떨어져서 나 자신도 놀랄 때가 많았다. 오랫동안 연락이 끊겼다가 다시 만난 사람들의 근황은 거의 예상을 빗나가지 않았다. 20대에 잘사는 사람으로서의 성향을 가졌던 사람은 30대가 되어서도 여전히 잘살고 있고, 그때 불행을 자초할 만한 성향을 가졌던 사람은 역시 불행하게 살고 있었던 것이다. 그러다가 문득 이런 생각이 들었다. 정말로 잘사는 성향을 가진 사람이 잘살게 되어 있다면 그들의 성향을 배우고 닮으면 될 게 아닌가!

그래서 이 책을 쓰게 된 것이다.

삶을 행복하고 멋지게 살아낼 수 있는 방법을 깨닫고 실천하면서부터 나 자신의 삶도 달라졌다. 전보다 더 행복해졌고, 더 부유해졌으며, 더 건강해졌다. 그러나 한편으로 내가 이런 원리들을 20대에 깨달았으면 삶의 더 많은 부분이 획기적으로 바뀌었을 거라는 아쉬움도 들었다.

요즘 들어 인생 주기가 많이 달라지기는 했지만, 20대는 누가 뭐래도 일생을 좌우하는 선택의 기회가 있는 시기다. 반면 30대에는 일과 결혼뿐 아니라 삶의 태도 같은 인생관이 자리를 굳히게 된다. 서른은 이미 늦은 것이다.

　20대를 살고 있는 내 여동생들, 또 그녀들과 같은 세대를 살고 있는 모든 20대 여성이 나처럼 어리석은 20대를 보내지 않기를 진심으로 바라면서 이 책을 썼다. 보다 나은 삶을 바라는 여성들에게 분명 도움이 될 것이라고 믿는다.

남인숙

Contents

Chapter

1

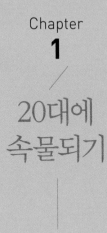

20대에
속물되기

현실적인 속물이 된다는 것은 꿈을 포기한다는 것과 결코 같은 뜻이 아니다. 다만 현명하게 속물이 된 사람은 꿈을 '무지개 너머'에서 찾는 것이 아니라 자기 손이 닿는 곳부터 찾기 시작한다는 차이가 있을 뿐이다.

잘난 여자보다
똑똑한 여자가
되어야 한다

잘났다고 해서 반드시 잘 사는 것은 아니다

세상은 온통 잘난 사람들만의 것인 듯하다. 어려서부터 수재 소리를 듣고 자라 아이비리그에 진학한 여자, 아버지가 외교관이라 5개 국어는 기본으로 구사하는 여자, 사업 수완이 뛰어나 서른 살 나이에 갑부가 된 여자……. 그들이 움직이는 세상에서 평범한 '나'라는 사람은 들러리로 서 있는 게 아닌가 하는 생각이 들기도 할 것이다.

당신은 어쩌면 지금도 고교 시절 모의고사 성적표에 찍혀 있던 105,903등이라는 전국 석차의 순서대로 내 삶이 등수 매겨지고 있다고 느끼고 있을지도 모르겠다.

그러나 또래들이 인생의 한 고비씩을 넘기고 난 시점에서 다시 고개를 들어 주위를 둘러보면 여자가 잘난 것과 잘 사는 것은 그다지 깊은 연관성이 없음을 확인할 수 있을 것이다.

우리가 그토록 원하는 '잘사는 것'이란 무엇일까? 물질적·정신적 여유 속에 행복감을 느끼는 삶, 앞으로의 인생이 지금보다 더 나으리라는 기대로 충만한 삶……. 그 기준이 사람마다 다르기는 하지만 대체로 이 정도에 생각이 미친다. 이쯤 되면 머리 좋은 여자들이 그 능력에 비례해 잘 살아야 할 것 같은데, 종종 우리는 누구보다도 행복해질 여건을 갖춘 여자들이 불행한 삶을 사는 것을 목격하곤 한다. 사람들은 그런 여자들을 보며 "역시 인생은 알 수 없는 거야. 팔자는 다 타고나는 거라니까" 하고 수군댄다. 그들이 상식으로 알고 있는 인과관계와 눈앞에 펼쳐지는 상황들이 맞아떨어지지 않았기 때문이다.

하지만 잘살고 못사는 문제에는 '잘났다'거나 '팔자를 잘 타고났다'는 것보다 더 깊은 상관관계가 있는 무언가가 있다. 바로 현명한 선택을 할 줄 아는 '똑똑함'이다.

인생을 좌우하는 것은 선택이며, 선택은 성향에 좌우된다

H는 고교 시절 우리 학교의 전설이자 영웅이었다. 전국 석차 50등 안에 들던 그녀는 공부뿐 아니라 잡기에도 능했다. 음악,

미술, 체육 등에서도 언제나 평균 이상의 실력을 보여 신이 참 불공평하다는 생각을 하게 만드는 아이였다.

그녀는 무난하게 국내 최고 학부에 진학했다. 전공을 살려 해외 유명 연구소의 연구원이 되고 싶다고 했다. 그리고 자기 꿈을 이룰 때까지는 어떤 일에도 한눈을 팔지 않겠다고 입버릇처럼 말했다.

그러나 몇 년 뒤 우리는 뜻밖의 소식을 전해 들었다. 그녀는 자신의 결심과 달리 같은 과의 한 남학생과 진지하게 사귀고 있었다. 더구나 군대 간 남자친구의 복학을 기다리기 위해 무작정 휴학을 신청했다. 주변 사람들이 만류하자 그녀는 이렇게 말했다고 한다.

"희생이 없으면 그게 진짜 사랑이야? 진짜 사랑을 할 수 없다면 인생이 부슨 가치가 있겠어. 나도 나름대로 내 갈 길을 다 계획해 두고 있으니까 걱정하지 마."

주변 사람들은 걱정이 되었지만 그녀가 워낙 똑똑하니까 알아서 잘하겠거니 생각했다.

그러나 막상 남자친구가 제대를 하자 두 사람은 곧 헤어졌고, H는 방황하다가 소원하던 유학마저 포기했다. 뒤늦게 목표를 바꿔 고시 공부에 뛰어들었지만 뜻대로 되지 않아 지금은 평범한 회사원으로 일하고 있다. 그나마 회사 일에 만족을 못해 한군데 정착하지 못하고 수없이 이직을 하고 있다. 그녀는 아직도 다른 종류의 고시에 도전해 볼까 생각하는 중이란다.

H의 삶이 잘 안 풀리고 있는 이유가 대학 시절 수절 과부처럼 기다리던 그녀를 버린 무정한 남자친구 때문일까? 또 그녀가 지금 목표하고 있는 새로운 고시를 패스만 하면 앞으로의 인생이 탄탄대로가 될까?

물론 H는 머리가 비상하니까 도전하고 있는 고시에 붙을 수도 있다. 그러나 그렇게 된다고 해도 그녀의 인생에 '잘사는'이라는 수식어가 매끄럽게 붙을 수 있을지는 의문이다. 그녀는 잘났으나 잘살 수 있는 자질은 부족하고, 그건 분명히 다른 것이기 때문이다.

그녀는 장래를 약속한 것도 아닌 남자친구에 매달리며 자신의 꿈을 가볍게 여기는 실수를 저질렀다. 나중에라도 비현실적이던 그 선택이 어려서 한때의 실수라는 것을 깨달으면 다행이지만, 그런 자각도 없이 자기 방어적으로 정당화하기만 한다면 앞으로도 계속 비슷한 선택을 하게 될 것이다. 오히려 잘난 여자들은 현실적인 선택에 서투른 성향이 있을 경우 불행해질 가능성이 더 많다. 그녀들에게는 잘못된 선택마저 정당하게 인정받을 수 있는 능력이 있기 때문이다.

공부 말고 다른 일에 한눈팔지 않기, 해외에 진출해 공부하기 등 자신이 일찍이 선택하려고 한 일들에서 자꾸만 비껴났던 그녀는 앞으로 다른 어떤 결심을 한다고 해도 자신이 원하는 것을 선택할 수 없을지 모른다.

인생은 선택의 연속이다. 그 선택들이 모여 한 사람의 인생의 틀을 만든다. 그리고 그 선택은 그 사람의 성향과 성격에 의해 좌지우

지된다. 우리가 팔자 또는 운명이라고 부르는 것은 사실 그 성향의 다른 이름일 뿐이다.

누구나 인생의 기로에서 자신이 어떤 선택을 해야만 하는지 잘 안다. 그러나 막상 선택의 순간이 오면 엉뚱한 선택을 하는 경우가 많다. 그녀들은 '어쩔 수 없는 상황이었다'는 변명을 하지만, 그런 선택을 하게 만드는 것은 결국 자신의 성향인 것이다. '실속 차리며 살겠다'는 의지가 매번 허물어지는 것도 그 성향과 관계가 있으며 잘난 여자들도 예외는 아니다.

물론 인생이 모두 뜻대로 되는 것은 아니다. 나 역시 '기독교 집안인 사람과 군경(軍警)은 내키지 않는다'는 나름의 명확한 취향이 있었는데도 불구하고 당시 공군 장교에 목회자의 아들이기까지 했던 남자와 결혼해 살고 있으니 말이다.

그러나 세상에는 자신이 생각하던 삶에 최대한 가까운 선택을 해내며 남들보다 덜 후회하는, 말 그대로 잘사는 여자들이 분명히 존재한다. 그녀들 모두가 잘났는지는 알 수 없으나 '똑똑한' 여자들인 것은 틀림없다. 나는 오랜 관찰을 통해 그녀들에게 일련의 공통점이 있다는 것을 발견했다.

선택을 조종하는 성향이라는 것은 하루아침에 바뀌는 것이 아니며, 이미 성향이 굳어져버린 30대 이후에는 변화의 폭이 보다 좁아지는 것이 사실이다. 하지만 20대가 지나가고 있다고 해도 아직 포기하기에는 이르다. 나 역시 서른이 넘어서야 이 모든 사실을 깨닫게 되었고 그 즉시 삶이 달라졌으니 말이다. 그러나 좀 더 젊었을 때, 보다 유연한 가치관과 성향을 가지고 더 많은 선택의 기회가 남아 있던 20대에 나 자신을 바꿨더라면 훨씬 더 극적인 삶의 전환을 누릴 수 있었을 거라는 아쉬움이 있다.

지금 20대를 살고 있다면 앞으로 다시는 가질 수 없을 기회를 맞고 있는 것이다. 바로 지금부터 운명을 올바르게 결정짓는 성향을 훈련한다면 상상하는 것 이상의 삶을 살 수 있다.

이 책은 여자들이 보다 부유하고, 행복하고, 그럴듯한 삶의 기회들을 선택하는 성향을 기를 수 있도록 돕기 위해 씌어졌다.

20대에
속물이 되어야
30대에
고단하지 않다

어차피 누구나 속물이 된다

"생(生)은 고(苦)다."

군이 석가의 말씀을 빌리지 않더라도 누구에게나 사는 건 만만치 않다. 그런데 서른 이후의 삶을 사는 사람들, 특히 여자들을 관찰해 보면 그 고통의 한가운데 자기 안의 속물과 난투를 벌였던 전쟁의 후유증이 자리하고 있다는 것을 알 수 있다.

일찍감치 속물이 되지 못해 자괴감을 느끼거나 반대로 속물 되기를 권하는 세상에 대한 한탄으로 괴로워하는 여자가 있는가 하면, 속물로서의 삶이 아예 체화되어 의식도 못하고 사는 여자도 있다. 그러나 한 가지 분명한 사실은 그들이 너 나 할 것 없이 세상살이가 이렇다는 걸 좀 더 일찍 깨달았으면 좋았을 거라고 생각한다는 점이다. 다시 말해 젊은 시절에는 외면하던 가치들이 얼마나 중요한지 깨닫게 되었다는 뜻이다.

돈 잘 버는 남편, 근사한 옷, 강남 아파트, 안정된 일상 등 20대 시절 시답지 않게 여기던 것들이 이제는 그녀들에게 소중해졌다. 예전의 자신들이 경멸해 마지않던 '속물'이 된 것이다. 하지만 그 누구도 스스로 속물이 되었다고 생각하지 않는다. 누군가가 자신을 속물이라고 부른다면 '용감한 아줌마'인 그녀들은 먹살잡이라도 하려고 들 것이다.

그녀들은 다만 현실을 알게 되었을 뿐이라고 말한다. 이러나저러나 똑같은 가치들에 눈을 뜨는 것인데, 왜 20대에 알면 '속물이 되는 것'이고 30대에 알면 '현실적이 되는 것'일까?

20대는 '순수'를 강요받는 시기다. 이 같은 대세에 순응해 살면서 20대를 우왕좌왕 보내다가는 서른이 될 무렵 남들과 같은 속도로 현실에 슬슬 눈을 뜨기 시작해 남은 평생을 '진짜 속물'로 살게 된다. 일찌감치 속물이 되면 30대 이후에는 그 모든 '속된 것'으로부터 자유로운 우아한 삶을 살 수 있는데 말이다.

나는 간혹 불혹을 넘어서 싱그러움을 잃지 않고 살아가는 여자들을 만난다. 겉보기와는 달리 남들 다 가는 길에서 벗어나 일찌감치 속물의 길을 택한 사람들이다. 그녀들이 자신을 속물이라고 인식하고 있건 그렇지 않건 말이다.

평생 낭만소녀로 살 수도 있다

M은 같은 과 친구 P를 한심하다고 여겼다. P는 당시 대학생들이라면 누구나 한 번쯤 보는 철학서의 제목조차 몰랐고, 늘 경제신문이나 패션 잡지를 가까이했다. M은 노는 것과 자기 공부에만 열심인 그녀가 한없이 이기적으로 보였다. 늘 흐트러짐 없이 잘 다듬어진 외모는 그녀가 '속물'이라는 심증을 더욱 굳히는 단서이기도 했다.

어느 날 M은 급기야 P 앞에서 대놓고 비난을 했다.

"대체 무슨 생각을 하면서 사는 거니? 마치 머릿속이 텅 빈 것 같아."

M의 난데없는 독설에 P는 도무지 영문을 모르겠다는 얼굴로 되물었다.

"내가 어때서? 그러는 너는 뭘 위해서 사는데?"

"나도 뭐 대단한 삶을 사는 건 아니지만 적어도 너처럼 생각 없이 살지는 않아. 대학생이라면 사회에 대한 책임의식 정도는 갖고 살아야 하는 거 아니니?"

그러자 P는 열을 올리는 M에게 한마디 쏘아붙였다.

"내 책임 의식을 네 방식으로만 판단하지 마. 난 자기 자신도 책임 못 지는 사람이 어떻게 사회를 책임질 수 있다는 건지 이해를 못 하겠거든."

M은 P의 말에 대구할 수 있는 말이 수백 가지도 넘게 떠올랐다.

하지만 이미 돌아서서 자리를 피하고 있는 P의 뒤통수에 대고 할 수 있는 말은 단 한 마디였다.

"속물!"

10년 뒤, M은 우연한 기회에 P를 다시 만나게 되었다. 졸업 후 마땅한 일자리를 찾지 못해 이 일 저 일 전전하면서 결혼한 언니 집에 얹혀살던 M이 식빵을 사러 나온 제과점에서였다.

"어머, 그동안 어떻게 지냈어?"

P는 10년 전과 다름없어 보였다. 아니, 넉넉한 표정을 품은 얼굴은 오히려 더 예뻐진 것 같았다. M은 스트레스로 푸석푸석해진 자신의 피부와 방치해 탄력 없는 몸이 새삼 초라하게 느껴졌다. 자기 관리에 능하던 P는 그동안 쌓은 경력을 인정받아 최근 외국계 회사로 옮겼다 했다. M도 P가 꽤 높은 연봉을 받고 있으며 능력 있는 회계사와 결혼해 잘산다는 것은 소문으로 들어 알고 있었다.

"웬 빵을 그렇게 많이 사?"

"응, 몇 년 전부터 정기적으로 봉사하고 있는 공부방이 있거든. 거기 애들 갖다 주려고."

"네가? 너는 그런 데 관심 없었잖아?"

"일하다가 거래처 사장님한테 듣고 알게 됐어. 내가 별로 해줄 건 없고 가끔 이렇게 먹을 거나 사 들고 가곤 해."

P의 말과 행동에서 가식이라곤 찾아볼 수 없었다. 그녀는 진심으로 그 일을 하고 있는 듯 보였다.

M은 삶에 찌들어버린 자신이 대학 시절 가졌던 꿈꾸던 모습을 P에게서 보았다.

M은 산타의 선물 꾸러미 같은 거대한 빵 봉지를 안고 제과점을 나서는 P의 뒷모습을 멍하니 바라보았다. 오래전의 예상대로라면 P는 남편이 벌어다 주는 돈이나 까먹으며 무의미하게 살고, 자신은 뭔가 대단한 활동을 하며 전 세계를 누비고 있어야 했다. 10년 전 상상과 현실 사이의 간극은 그녀에게 적잖은 충격을 주었다.

제대로 학생운동을 하는 사람이 아니라도 누구나 사회에 대한 부채 의식을 갖고 있던 시절의 이야기다. M뿐만 아니라 많은 젊은이들이 막연한 지식인의 색깔을 내세워 이상적인 사회를 꿈꾸었다. 그때는 그것이 대세였다. 그들 중 일부는 실제로 세상이 더 나아지는 데에 큰 역할을 했지만 더 많은 이들이 자신이 추구하는 세상에 대한 실체도 모른 채 자신보다 자기 바깥 세계에 더 신경을 쓰곤 했다. 그게 멋있기 때문이었다.

요즘 20대 여자들은 그런 고민들이 거의 없고 현실적인 문제에 더 관심이 많아지긴 했지만 어디까지나 '예전에 비해서'일 뿐이다.

가끔 인터넷 게시판에서 20대 여자들이 써놓은 글을 볼 때마다 20대의 '순수 이데올로기'는 옷만 갈아입었을 뿐 시대를 초월해 존재한다는 사실에 새삼 놀라곤 한다.

아직도 사랑만으로 세상을 살아낼 수 있다는 믿음이 있는가 하면, 자기 자신도 모르는 막연한 꿈을 위해서 모든 것을 희생하겠다는 각오도 있다. 자기 자신만 당당하다면 무슨 일이건 해도 된다는 배짱 있는 글에는 격려하는 댓글들이 꼬리를 문다.

사실 '순수 이데올로기'가 아닌 '진정한 순수함'은 좋은 것이다. 불이 없는 빛을 만들겠다던 에디슨의 열정이나 새처럼 하늘을 날고 싶다는 라이트 형제의 꿈과 같은 순수함이 없었다면 인류에게 오늘날과 같은 발전은 없었을 것이다. 문제는 정말 순수하지도 못하면서 순수하게 살아야 한다는 심리적 압박을 받으며 이러지도 저러지도 못하는 것이다.

직업, 결혼, 가치관 확립 등의 중요한 기로에 선 20대에 제대로 된 현실적 가치에 눈을 뜨면 30대 이후로 비루한 일상의 노예가 될 가능성이 적다. 내 건강을 챙기고, 부자가 되기를 꿈꾸고, 남들이 인정해주는 번듯한 직업을 소망하고, 능력 있고 잘생긴 남자와 결혼하기를 바라는 건 당연하고 마땅한 일이다.

무엇보다 그런 가치를 중요하게 여기는 마음은 곧 사회적 책임이나 윤리, 사랑과 같은 정신적인 가치를 포기하는 것이라는 근거 없는 생각부터 버려야 한다. 현실적 가치와 정신적 가치는 둘 중 하나만 선택해야 하는 것이 아니라 동시에 선택할 수 있고, 동시에 선택해야 하는 상보적인 것이다. 현실적 성취에 소질 없는 사람들이 가장 신봉하는 게 정신적 가치다. 주로 현실의 벽을 만날 때마다 정신적 가치를 핑계로 쉽게 포기하는 것이다.

현실적 가치와 정신적 가치는 둘 중 하나만 선택해야 하는 것이 아니라 동시에 선택할 수 있고, 동시에 선택해야 하는 상호결합적 요소다.

오히려 정신적 가치는 현실적 가치의 도움을 받아 더욱 빛을 발할 수 있다. 독거노인들에게는 그들의 처지를 안타까워하는 따뜻하기만 한 눈길보다 추운 방을 덥혀줄 연탄이 더 절실하다. 달동네 아이들에게는 그들의 생존권을 보장하라는 외침보다 당장 끼니를 때울 수 있는 라면 하나가 더 반갑다. 좀 더 넉넉하고 여유로운 생활은 먹고사는 문제에 매달리지 않게 할뿐더러 남에게 베푸는 것도 가능케 한다.

현실적인 속물이 된다는 것은 꿈을 포기한다는 것과 결코 같은 뜻이 아니다. 다만 현명하게 속물이 된 사람은 꿈을 '무지개 너머'에서 찾는 것이 아니라 자기 손이 닿는 곳부터 찾기 시작한다는 차이가 있을 뿐이다.

금리가 높은 적금을 찾아 붓기 시작함으로써 부자가 되기 위한 첫걸음을 내딛고, 경력을 철저히 관리해 자신의 가치를 높이는 등의 작은 일부터 시작한다. 영화감독이 되려면 배우들을 잘 구슬리는 최고의 진행 요원이 되기 위해 노력하고, CEO를 꿈꾸면 당장은 복사와 서류 정리의 달인이 되는 게 먼저다.

그렇게 선택한 행동 양식들은 오랜 시간 자라고 어울려 큰 덩어리가 되기 마련이고 그러다 어느 순간 꿈이 이루어져 있는 것이다.

현실에 질질 끌려 다니다 어쩔 수 없이 속물이 되어 비참해하기보다 일찌감치 현실을 컨트롤해서 삶을 온전히 내 것으로 만드는 편이 백번 현명한 일이라는 데 이의를 달지 말라. 무엇보다 20대에 속물이 되는 것은 신나는 일이다. 현실에 눈을 뜬다는 것은 현실이 주는 압박에 초연해지고 현실을 내 편으로 만들 수 있다는 뜻이기도 하기 때문이다. 세상의 주인이 되어 살아가는데 어떻게 신나지 않을 수 있겠는가.

또한 20대에게는 제한 구역이 없다. 무엇을 해도 '청춘'이라는 이름으로 포용되고 격려 받는 게 20대다. 10대에는 모든 위험요소로부터 보호 받아야 하는 미성년자로서 할 수 있는 걸 손에 꼽는 게 빠르고, 30대가 되면 이미 책임질 게 많아서 못하는 게 많아진다. 그에 비해 20대는 미숙함에 대한 너그러움과 30대 때의 어른 대접을 다 받을 수 있는 시기다. 마음이 열린 여자는 20대라는 '깔아놓은 멍석' 위에서 마음껏 놀고 미래의 삶을 준비할 수 있다.

이것이 20대에 속물이 되면 30대에 덜 불행한 이유다. 20대 여자라면 누구나 만족스런 일을 하면서 좋은 사람과 사랑을 나누며 풍족하게 살 수 있다. 단, 속이 꽉 찬 속물이 될 수만 있다면 말이다. 이제 당신의 발목을 붙들고 있는 막연한 죄책감을 홀가분하게 벗어버리기 바란다. 자신의 행복을 위해 오직 현실에만 집중한다는 건 절대로 나쁜 일이 아니다.

당신 안의
속물을
인정하라

자기 안의 속물을 인정하면 길이 보인다

사람들은 '속물'이라는 말을 너무나 싫어한다. 그래서 돈, 명예, 인기처럼 속물들이 흔히 좋아하는 것을 자기도 좋아하면서 한편으로는 그것들을 거부한다.

특히 20대 여성들은 속물적인 가치를 선택해야 하는 현실과 그런 현실을 핏대 올려 비판하는 목소리 사이에서 우왕좌왕하고 있다. 자신들은 그것을 '젊은 날의 아름다운 방황'쯤으로 생각하고 있지만 현실은 그렇지 않다. 10대 때와는 달리 20대의 삶의 무대는 연습이 아니라 실전이기 때문이다. 이러한 갈등은 20대인 당신의 영혼과 미래를 갉아먹을 뿐이다.

눈앞에 놓인 모든 선택의 갈림길에서 후회가 적은 쪽으로 이끄는 것이 바로 '속물 마인드'다. 스스로 철저히 속물이 되자 다짐하고 나면 현실적인 선택을 하는 데 갈등이 없어진다. 뿐만 아니라 사소한 일로 심정을 그르치는 일도 줄어든다. 어쩔 수 없이 삶은 힘든 과정이지만, 현실이 왜 그렇게 돌아가는지 이해하고 나면 수없이 나를 다치게 하는 사람들의 독한 행동조차 제법 견딜 만한 것이 된다.

C는 얼마 전 치열한 취업 관문을 뚫고 꿈꾸던 광고회사에 입사했다. 그러나 출근 첫날, 자신의 직장생활이 순탄치 않을 것임을 예감했다. 자신의 직속 상사가 직장 내에서 '성격 파탄'으로 유명한 사람이었기 때문이다. 평소 성격 좋다는 소리를 자주 들어온 C는 조금만 이해하면 별 어려움이 없을 것이라고 스스로를 격려하며 직장생활을 시작했다. 그러나 그 상사와 일하는 것은 예상보다 훨씬 힘들었다. 작은 실수에 모멸감을 느낄 정도로 심한 말을 하며 화를 냈고, 제대로 하는 일도 괜한 트집을 잡으며 괴롭혔다. 그러다 보니 일을 배우기는커녕 주눅이 들어서 실수만 더 잦아졌고, 그 때문에 잠을 못 이루는 날이 많아졌다.

나중에는 상사의 성격이 이상한 것이 아니라 자신에게 문제가 있는 것이 아닌가 하는 생각까지 들면서 차츰 자신감도 잃어갔다. 상사의 부당한 대우에 말대꾸 한마디 못하고 속만 끓이는 자신이 초라하게 느껴졌지만, 결코 사표를 내고 싶지는 않았다.

몇 달 만에 말할 수 없이 초췌한 몰골이 되어버린 C에게 나는 정신과 상담을 권했다. 그대로 두었다가는 멀쩡한 사람 하나 처녀귀신 만들겠다 싶어서였다. 그녀는 누가 봐도 우울증 환자였다.

그로부터 대여섯 달 후 다시 만난 그녀는 예전의 생기를 되찾고 활기찬 모습이었다. 한결 밝아진 그녀는 정신과 의사의 조언이 도움이 되었다고 했다. 처음 몇 번 상담을 하는 동안 의사는 조용히 그녀가 쏟아내는 이야기들을 들어주었다. 이따금 한마디씩 해주는 말이 전부였지만 마음 놓고 말하는 것만으로도 시원한 기분이 들어서 그녀는 꾸준히 상담을 받았다. 그러던 어느 날이었다.

"제가 무슨 잘못을 했는지 모르겠어요. 저는 천성이 순하고 사심이 없는 사람이거든요. 그런 저를 왜 괴롭히는 걸까요?"

"잠깐만요."

의사는 그녀의 말을 막더니 처음으로 길게 조언을 해주었다.

"전부터 본인을 순하다, 순하다 하시는데 사실은 그렇지가 않습니다. C양은 굉장히 머리가 비상하고 계산적인 성격입니다. 그 악랄한 상사에게 대항하지 않는 것도 그래야 본인에게 유리하다는 걸 알기 때문이죠. 겉으로 당하고 있는 것 같아도 지금 현실적으로 칼자루를 쥐고 있는 쪽은 C양입니다. 그동안의 계산된 행동으로 주변 사람들을 조금씩 자기편으로 만들어왔으니까요. 하지만 그 사람들에게 본인의 약은 본성을 들키지 않도록 주의하세요. 그동안의 모든 인내가 수포로 돌아갈 수 있습니다."

그날 C가 병원을 나선 순간 그동안의 피해 의식은 씻긴 듯이 사라지고 없었다. 자신을 선하고 억울한 피해자로만 여기고 있다가, 교묘하게 상대를 이용해 온 영악한 속물이었다는 것을 알게 되자 마자 스트레스가 사라진 것이다. 물론 이후로도 그녀의 직장생활은 쉽사리 바뀌지 않았다. 상사의 성질머리는 변하지 않았고 그녀는 여전히 한없이 미약한 을(乙)이었다. 그러나 그녀는 자신이 당하는 일을 자기라는 인간의 가치와 분리할 줄 알게 되었고 더 이상 상처 받지 않았다.

나중에 정말 그 상사는 회사에서 다른 사람들과 문제를 일으켜 사표를 썼고, C는 지금까지도 만족스럽게 회사 생활을 잘하고 있다.

세상의 주인이 되려면 먼저 속물이 되라

C는 의사와 상담하기 전에 주변 사람들에게 "착한 네가 참아라"라는 위로의 말을 수없이 들었다. 그러나 그런 말은 그녀를 더욱 힘들게 할 뿐이었다. 매정한 현실에서 언젠가는 착한 사람이 복을 받는다는 막연한 위로는 오히려 절망감을 증폭시키기 때문이다. 그 원리를 아는 의사는 그녀를 반대로 이끈 것이다.

C는 누가 보아도 그리 계산적인 성격이 아니다. '영악'이라는 말과는 거리가 멀다. 누구나가 그렇듯 보이지 않게 타인보다 자신을 위

하는 마음이 조금 클 뿐인데, 그 의사는 C의 그 부분을 부각시켜 주었다. 상사를 증오하면서도 어쩌지 못하던 C의 마음은 자신이 그를 조종하고 있다는 생각과 함께 오히려 너그러워졌다. 스스로 사람을 조종할 줄도 아는 속물이라고 인정하고 자기중심으로 생각하면서 그만큼의 아량이 자기도 모르는 사이에 생긴 것이다.

이쯤 되면 증오로 이성을 잃지 않고도 자신에게 가장 유리한 선택을 할 수 있다. C는 사표를 내거나 상사와 앙숙이 되어 에너지를 소모하는 대신 차분히 자기 자리에서 최선을 다하는 것을 선택했다.

아무런 잘못이 없는데도 나를 괴롭히는 사람이 있다? 길게 볼 때 그들은 스스로 자기 무덤을 파고 있는 것이다. 세상에서 늘 승리하는 게임은 다 같이 이익을 보는 상생의 '윈윈(win-win) 게임'이다. 자기만 이기는 게임을 하려고 발악하는 사람들은 언제고 침몰하게 마련이다. 세상이 아무리 부당해 보여도 악하기만 한 사람이 최후의 승자가 되는 법은 없다. 더 불행해지지 않으려면 '괴롭힘을 당한다'는 피해 의식을 버려라. 결국 그들 스스로 화를 자초할 때까지 당신은 자신의 스트레스를 잘 관리하며 기다리기만 하면 되는 것이다. 그러나 사람들이 가장 힘들어하는 인간관계의 본질이 바로 이 '기다림'이기 때문에 말처럼 쉽지는 않은 것이다.

"나는 내 처지를 통제할 수 있는 속물이다."

이 다짐 한마디가 그 기다림에 힘을 실어줄 것이다.

내가 속물이라고 남에게 광고하고 다니지는 말라.

타인과 더불어 질 높은 인생을 사는 사람들의 공통점은 진솔하다는 것이다. 하지만 진솔하다는 것이 여과되지 않은 솔직함을 뜻하지는 않는다. 마크 트웨인은 "벌거벗은 사람은 사회에 영향력을 끼치지 못한다. 무엇이든 벌거벗은 것은, 특히 벌거벗은 진실은 아무도 받아들이지 않으므로 어떤 종류의 옷이라도 꼭 입어야 한다"고 했다. 진성 속물로서 세계의 중심에 자기 자신을 놓기로 한 당신이 그 다짐을 남에게 그대로 드러내어서는 안 되는 이유다. 누구나 갖고 있는 본성에 스스로 솔직해지는 것뿐인데 굳이 물정 모르는 사람들이 색안경 끼고 보게 만들 필요는 없다.

지금부터 현명한 속물로 다시 태어나 좀 더 실용적으로 살기로 결심했다면 당신이 품은 진실에 옷을 입혀라. 그건 거짓과는 전혀 다른 것이다.

그러고 보면 여기에 이 모든 진실들을 이야기하고 있는 나 자신도 고수로서의 속물이 되기는 틀렸다.

겉으로만
약은 척하지
말라

현명한 속물은 '척'을 하지 않는다

직장생활 2년차인 B에게는 신념이라면 신념이랄 수 있는 행동지침이 하나 있다. '만만한 사람 되지 않기!'가 바로 그것이다. 입사 첫 해에 호된 경험을 하고 나서 그녀는 세상에 믿을 것은 자기 자신밖에 없다는 것을 깨달았고 앞으로 결코 손해 보는 일은 하지 않기로 했다. 한 번 손해 보는 사람으로 낙인찍히면 영원한 '호구'가 된다는 몇몇 선배들의 푸념 섞인 충고를 금과옥조로 삼게 된 탓이다.

영리해지기로 결심한 B는 사람들과 충돌하지 않으면서도 자기 실속을 차리는 일에 당당해지기로 했다. 동료들과 밥을 먹을 때에는 늘 자신이 계산을 자청하면서 자신의 카드에 포인트를 적립하거나 나누기 애매한 잔돈을 챙겼고 자기 업무를 도와달라는 부탁은 교묘히 거절했다. 업무를 배당 받을 때는 생색나지 않고 힘만 드는 일을 다른 이들에게 미루었다. 대신 어떻게든 성과가 눈에 보이는 일을 맡아 열심히 했다. 물론 이런 일들을 미련하게 대놓고 한 것은 아니다. 그녀는 나름대로 사람들과 잘 지냈고, 모든 일들이 자연스럽게 자기 의도대로 흘러가도록 머리를 썼다. 그녀는 자신이 현실적이고 능수능란하게 사회생활을 잘 한다고 생각했다.

그러던 어느 날, 그녀가 속해 있는 팀이 해체되면서 본사에 흡수되었다. 대기업 계열사에서 본사 직원이 되면 처우가 더 나아지기 때문에 B를 포함한 팀원들은 모두 들떴다. 그러나 막상 발령 공고가 났을 때 그녀는 당황하지 않을 수가 없었다. 팀원 일곱 명 중 유일하게 그녀의 이름이 포함되지 않았던 것이다.

'도대체 왜? 나처럼 사회생활 잘하는 사람이 어디 있다고? 왜? 왜?'

그녀는 자신이 운이 없거나, 경력이 부족해서 제외되었거나, 이유 없이 상사의 미움을 샀거나, 질투심 많은 누군가의 음모가 개입되었다고 생각했다. 그러나 이유는 그녀의 예상 너머에 있었다.

바로 그녀가 겉으로만 '속물짓'을 해서 손해를 자청하는 헛똑똑이였기 때문이다.

타인을 대상으로는 속물이 되려 하지 말라

사람들은 의외로 똑똑하다. 아마 20대인 당신이 예상하는 것 이상으로 똑똑할 것이다. 아무리 둔한 사람이라도 누군가가 남몰래 이기적으로 구는 것을 알아챈다. 다만 모르는 척할 뿐이다. 더구나 상사들이 아부와 나이만으로 그 자리에 있다는 착각을 해서는 안 된다. 그들은 짐짓 모른 척하고 있지만 누가 묵묵히 일을 열심히 하는지, 누가 일하는 척하면서 자기 실속만 챙기는지 잘 알고 있다. 당신만큼 열심히 일을 하지 않는 사람이 더 상사의 신뢰를 얻고 있다면, 당신 기준에서의 능력이 아닌 그 입장에서의 필요를 충족해 주는 사람인 것이다. 어쩌면 상사는 당장 일을 더 잘 처리하는 사람보다는 다소 손끝이 무디더라도 충직하게 서포트를 해줄 수 있는 부하직원을 원하고 있을지도 모른다.

스스로 똑똑하다고 생각했던 B가 간과한 것이 바로 그런 점들이다. 팀원들과 팀장은 모두 알고 있었던 것이다. 그녀가 조금도 손해를 안 보려고 하는 사람이며, 따라서 팀에 도움이 되지 않는다는 것을.

영리해지고 현명한 속물이 된다는 것은 눈앞의 이익을 얻기 위해 일일이 머리를 쓰는 것을 뜻하지 않는다. 소탐대실(小貪大失)이라는 말이 이만큼 잘 어울리는 경우도 없다. 내 삶을 더 나아지게 만드는 속물근성은 남을 향하는 것이 아니라 자신의 내면을 향하는 것이다. 자신을 사랑하고 보호하려는 마음이 정말 깊다면 잔머리를 쓰는 데에 에너지를 소모하고 인심을 잃는 일은 피할 것이다. 사람과 사람 간의 관계라는 것은 참 신기해서 자신이 정한 어느 한계까지는 한없이 내어주는 여유가 있을 때에 장기적으로 돌아오는 이득이 더 많아진다. B처럼 자기 것을 빈틈없이 붙들고 있으면 그 가진 것마저 빼앗기게 되어 있는 게 세상 이치다.

속물로서의 사고는 바로 한 수 앞만 내다보면 저질 얌체가 되고, 여러 수를 내다보면 현자가 된다.

Chapter
2

행복에 대한
착각을 버려라

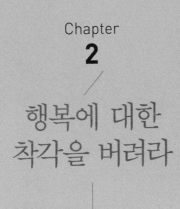

행복한 삶의 면면들에 귀 기울이고 거기서 가치를 아끌어내는 것을 값싸고 의미 없
는 일로 치부해야만 멋진 삶을 사는 것이라는 생각은 바꿔야 한다.

행복한
인생은
지루하다?

대개의 20대는 행복하기를 바라지 않는다

20대에는 누구나 자신의 삶이 어떻게 전개될지 몹시 기대한다. 그리고 절대로 평범하게 살지는 않을 거라고 다짐한다.

평범한 사람과 결혼해 아이 낳고 복닥복닥 살아가는 윗세대를 보며 한심스러워하기도 한다. 20대들은 '행복'이라는 단어를 고루하고 촌스럽다고 생각하는 것 같다. 어쩐지 어색한 공익광고에나 어울릴 것 같고, 늘 안주하려는 게으른 사람들이 즐겨 쓰는 말처럼 여겨지기도 한다. 그렇다고 불행하기를 원하는 것도 아니면서 말이다.

그러나 자신의 인생을 성공적으로 잘살아내는 여자들은 행복이라는 말을 좋아하고, 또 행복해지기 위해 노력한다. 막연하게 잘살고 싶다는 생각을 하면서도 행복이라는 말과 정면으로 맞닥뜨리기를 싫어하는 사람은 자신을 행복하게 하는 것이 무엇인지 모르고 행복하기 위해 어떻게 해야 하는지를 모르기 때문이다.

저마다 표현은 달라도 모든 사람은 행복해지기 위해서 일을 하고, 밥을 먹고, 사람들을 만난다. 정말 행복해지기 위해서는 행복을 의식하고 살 필요가 있다.

예민한 독자들은 눈치 챘을지도 모르겠다. 앞서 '잘사는 것'에 대해 내린 정의에서 '현재의 삶에 행복해하고, 미래가 더 나을 것이라는 기대감에 충만해서 사는 삶'이라는 표현이 일반적인 정의와 조금 다르다는 것을 말이다. 보통은 '행복'을 현재에 만족하며 더 이상 바랄 게 없는 상태라고 여기는 것이 일반적이다. 그러나 사람은 어제와 오늘과 내일이 똑같이 안온한 삶에 행복을 느낄 수 있는 동물이 아니다. 내일이 오늘과 다르고, 이왕이면 더 나으리라는 기대가 있지 않다면 우울증에 걸리고 말 것이다.

행복한 여자들은 꿈이나 목표를 가슴에 품고 있다. 그리고 그것이 반드시 이루어지리라 믿는다. 매일의 일상이 꿈을 이루는 방향으로 움직여가도록 노력할 줄도 안다. 그 꿈이라는 것이 꼭 거창할 필요는 없다.

내가 아는 한 공무원은 어려서부터 하고 싶어하던 풍선 아트를 배우는가 싶더니 드디어 부업을 시작했다. 풍선으로 장식물을 만드는 방법을 새롭게 창작하는 수준에까지 이른 그녀는 새로운 '작품'에

도전할 때마다 희열을 느낀다고 한다. 출퇴근만 해도 월급이 나오는 직장에 안정된 가정까지 꾸리고 있는 그녀를 보고 주변에서는 '사서 고생'이라고들 하지만 본인은 '행복해서 어쩔 줄 모르겠다'고 말한다.

"내가 좋아하는 일을 하면서 돈도 많이 벌고 싶어. 혹시 알아? 내가 한국 풍선 아트계의 새로운 장을 여는 사람이 될지……."

행복의 감정은 꿈을 가지면서 생겨나기도 하고, 반대로 행복감이 꿈을 갖게 하기도 한다. 행복은 성취 또는 꿈이라는 단어와 반드시 연관성이 있는 말이다.

이제 행복이라는 말의 정의를 달리하고 행복과 친해지기를 바란다. 행복이 20대와 어울리지 않는다는 생각은 버려야 마땅하다. 행복해지고 싶어 해야 행복해진다.

행복을 표현하는 것을 가식이라고 생각하지 말라

누군가가 인터넷에 올려놓은 글에 이런 내용이 있었다.

"요즘 SNS에 올라오는 글들을 보면 정말 가식적이라는 생각이 든다. 사람이라면 누구에게나 고민이나 슬픔이 있을 텐데 거기 있는 사람들은 마냥 행복해 보인다. 좀 더 진솔한 모습을 보일 자신이 우리에겐 없는 걸까?"

많은 사람들이 그 글에 공감을 나타내는 댓글을 달았지만 나는 의문이었다. 본인도 말하듯 '사람이라면 누구에게나 고민이나 슬픔이 있다'는 사실은 모두가 알고 있는데, 굳이 인생사 백팔번뇌를 남들과 공유하는 인터넷 글에까지 올려서 자기 자신과 남에게 불행한 기분을 전염시킬 필요가 있을까? 그것이 거짓 포장이 아닌 진실이기만 하다면, SNS 속 행복한 장면들은 현실을 위로해 주는 추억이 되어주기도 한다.

20대들을 행복이라는 말 앞에서 멈칫하게 하는 것이 바로 이런 종류의 죄의식이다. 자신이 행복해하고, 또 행복을 의식하려 애쓰는 것이 삶의 진실을 외면하는 일이 아닐까 하는 의문과 두려움이 마음껏 행복을 추구하지 못하게 방해하고 있다. 그러나 이런 태도야말로 또 하나의 진실을 외면하는 것이다. 행복한 삶의 면면들에 귀 기울이고 거기서 가치를 이끌어내는 것을 값싸고 의미 없는 일로 치부해야만 멋진 삶을 사는 것이라는 생각은 바꿔야 한다.

전과는 많이 달라졌다고는 하지만 우리 문화권에서는 사람들이 아직 사랑이나 행복을 표현하는 데 익숙하지 않은 것 같다. 자신이 행복하다는 것을 표현하는 대중매체 속의 사람들은 언제나 '닭살'과 가증스러움을 유발하는 부정적인 모습이다. 자신이 행복하다는 것을 솔직하게 인정하는 자연스러운 모습을 찾아보기 힘들다. 대중매체에서 그려지는 행복의 모습이 보기에 아름답지 않아서인지, 사람들은 행복이라는 단어에서 한 발짝 물러서 있는 것이 '쿨한 것'이라고 생각한다.

무언가를 얻고자 한다면 당연히 그것을 좋아하고 찾고 구해야만 하는데, 행복을 구하고 표현하는 것 자체를 이렇게 싫어해서야 어떻게 행복해지기를 바라겠는가.

이제 행복을 느끼고 표현하는 일에 대해 조금 더 너그러워지자. 일상에서 행복한 요소를 이끌어내고 부각시키려는 노력은 행복을 자기 곁으로 불러오는 영험한 주술이다.

불행한 사람만이
인생을 안다고
착각하지 말라

삶은 고생한다고 해서 대가를 지불해 주지 않는다

풍족하지 못한 환경에서 자랐어도 자존심만은 꼿꼿한 A는 같이 어울리는 동료들 중 N에게 질투와 우월감을 동시에 느끼고 있었다. N은 다복한 집안에서 등록금 걱정 한번 하지 않고 대학을 졸업했지만, A는 이혼 후 혼자 생계를 책임져야 했던 어머니와 살면서 안 해본 아르바이트가 없을 정도였다.

A는 늘 웃는 얼굴로 자신이 불평해 마지않는 회사에 대해서도 호의적인 말만 하는 N을 가증스럽게 여겼다. 그녀는 고생을 모르고 자란 N이 너무 시야가 좁고 같이 일하기 답답하다면서 다른 동료들까지 선동해 은근히 N을 따돌리는 분위기로 몰아가기도 했다. 하지만

그녀가 아무리 힌트를 주어도 회사 사람들은 변함없이 N을 좋아했고 그녀와 일하는 것을 즐기는 눈치였다. A는 그런 사람들이 답답했다. 산전수전 다 겪은 자신만 N의 알맹이 없는 실체를 알아채고 속을 끓이는 것 같았다.

하루는 동기들과 여럿이 길을 나서다가 그중 한 명이 지나가던 차에 살짝 받히는 사고가 났다. 겉보기에는 사고랄 것도 없었지만 나중을 생각해서 연락처를 받아두려 하자, 운전자는 적반하장으로 보험사기단이 아니냐고 목소리를 높였다. '일단 기부터 죽이고 보자'는 심산인지 영 태도가 불량한 운전자를 보고 A는 자기가 나서야겠다고 생각했다.

"이런 인간들은 조용히 말하면 얕보고 더 난리를 친다고. 당신, 거기 그대로 있어. 경찰에 신고할 거야!"

"신고해. 신고하라고. 나도 무고죄로 당신들 신고할 거야."

이렇게 실랑이는 길어지고 사무실로 복귀할 시간은 가까워졌으며 모두가 피로해지고 있었다. 그때 N이 나서더니 A를 뜯어말리고는 상대방을 달랬다.

"아저씨. 그냥 가세요. 우리도 늦었잖아요. 적당히 하고 복귀하죠."

그렇게 해서 상황은 끝났지만 분이 풀리지 않은 A는 어설프게 마무리에 나선 N을 나무랐다.

"그냥 보내면 어떡해? 누가 봐도 보행자를 들이받은 그쪽이 잘못한 거잖아."

그녀의 말 속에는 곱게 자라 다른 사람과 부딪치는 걸 두려워하는 N의 소심함에 대한 질책이 담겨 있었다.

그러자 N은 차분하게 대답했다.

"이런 경우에는 애초에 연락처 달라는 말조차 하는 게 아니야. 어차피 다친 것도 아니고, 그럴 리 없겠지만 만약 몸에 이상이 생겨도 나중에 신고하면 그 사람이 뺑소니로 형사 처벌 감이야. 번호판 보고 차 번호나 적어두면 될 것을 길가에서 시간 낭비하고 감정 상하고, 이게 뭐니?"

듣고 보니 N의 말에는 틀린 구석이 없었다. A를 비롯한 동료들은 '우리가 알던 소심쟁이 N 맞나' 하는 표정으로 묵묵히 고개만 끄덕일 따름이었다. A는 아주 복잡한 감정에 사로잡혔다. 뚜렷하게 설명은 안 되지만 자신이 크게 진 것 같은 찜찜한 기분이었다.

행복은 전염된다

많은 경험이 많은 가르침을 주는 것은 사실이다. 그러나 고생을 한다고 해서 누구나 현명해지는 것은 아니다. 고생할수록 성질만 고약해지는 사람들도 허다하다. 반대로 행복한 사람들이 모두 어수룩하다는 것도 편견이다. 행복한 사람들이라고 해서 세상에 눈과 귀를 닫고 사는 것은 아니다. 그들도 자신의 환경에서 일정 부분

고난을 겪고 있고, 또 현상을 자기 것으로 받아들이는 나름의 방식이 있다.

흔히들 입에 담는 '온실 속의 화초'라는 말은 원래의 뜻과는 달리 행복해 보이는 사람들에 대한 질투와 편견을 점잖게 포장하는 데 쓰일 때가 많다. 사실 우리 마음속에는 남보다 여건이 나빠 고생을 한 것에 대해서 보상을 바라는 기대 심리가 있다.

그런 기대 심리가 긍정적으로 작용해 '지난 고생은 헛된 게 아니었어. 자신감을 가지고 열심히 살아야지' 하고 생각하면 다행인데, 엉뚱하게도 행복하게 살아온 사람을 깎아내림으로써 보상을 받으려는 사람들이 있다. 바로 앞의 이야기에 나오는 A가 그런 경우다.

A는 자신이 N보다 힘들게 공부를 했으므로 자신에게 뭔가 보상이 주어져야 한다고 생각했다. 그런데 기대와 달리 현실에서 눈에 보이는 혜택은 없었다. 예를 들어 N이 일을 자신보다 못해서 회사에 적응하지 못하거나, 대학 시절은 유복했으나 지금은 가세가 기울거나 했다면 A는 '고생 끝에 낙이 온다'는 말의 진실성을 확인하며 기뻐했을 것이다. 그러나 현실은 고생한다고 해서 그만큼 대가를 받는 것이 아니다. 오히려 A가 아르바이트로 학비를 마련하는 동안 공부에 전념한 N의 인생이 더 잘 풀릴 가능성이 높다. 그런 현실을 인정하기 싫은 A는 'N이 세상을 모른다'고 임의적인 평가를 내림으로써 상대적으로 '나는 고생을 통해 세상을 알게 되었다'는 심리적 보상을 자신에게 주려 했던 것이다.

만약 당신이 A보다는 N에 가까운 사람이라면 아무도 알아주지 않는 혼자만의 평가에 취해 있지 말고 행복한 사람들을 좋아하고 가까이하라. 그동안의 고생과 오만으로 그 '맛'을 잊고 살아온 당신에게 행복이 전염될 수 있도록 말이다. 세상이 단단히 쥔 주먹과 언제든 싸울 준비가 되어 있는 피 끓는 심장으로만 살아진다고 믿어 왔다면 그 생각을 버려라.

만약 당신이 지금의 날카로운 지성과 비판 의식을 보호하기 위해 '행복해 보이는' 사람들과 담을 쌓아왔다면 지금이라도 그 벽을 허물어야 한다. 그들은 가까이해서 좋을 사람들이기 때문이다. 특히 당신이 늘 투덜거리고 불만이 많은 사람이라면 더더욱 그들에게 '행복의 기술'을 배워야 한다. 그들을 온실 속의 화초라 부르며 세상살이를 가르치려 들기만 한다면 불만스러운 인생에 한 점 빛도 들지 않을 것이다.

세상에 불평등에서 자유로울 수 있는 사람은 없다. 오죽하면 사회학에서 자연적 불평등을 극복할 수 있는 유일한 방법이 복권이라는 말까지 나왔겠는가. 나보다 나은 조건에서 출발해 행복하게 사는 사람들을 질투하며 에너지를 허비하는 대신 내 행복에 집중해야 한다. 나보다 행복하게 사는 사람들은 내 경쟁자가 아니라 내가 행복을 배워야 할 스승이다. 단, 이런 감정의 반작용으로 행복한 사람들을 무조건적으로 동경하고 그들의 카피캣으로만 사는 것도 경계해야 한다. 아무리 닮고 싶은 사람이 있다고 해도 나는 나로서 존재할

행복해지기 위해서는 용기와 결단력이 필요하다. 행복한 여자란 흔히 알고 있는 것처럼 용기와 결단력이 필요 없는 상황만 만나는 운 좋은 여자를 가리키지 않는다. 이 세상에 그 정도로 운이 좋은 여자는 없다.

때에만 행복할 수 있다. 굳건한 자기를 지키면서 타인의 장점에도 마음을 열 때에만 마땅히 배워야 할 것을 온전히 내 것으로 만들 수 있다.

이제까지 당신의 삶이 행복의 감정과 거리가 멀었다면 행복한, 그래서 누군가의 기준에서는 가식적인 삶을 살고 있는 사람들을 가까이 하라. 그들의 행복에 감염되고 '행복을 불러들이는 생활'을 닮으려고 노력할 때 당신도 행복해질 수 있다.

운명은
주입식이다

불행은 어려서부터 입력된다?

　　가난하고 불행하게 사는 부모 밑에서 자란 아이들이 나중에 부모와 똑같이 사는 모습을 볼 때, 사람들은 그 이유를 부모의 경제적 무능에서만 찾는다. 돈이 없으니 자식에게 고등교육을 못 시키고 재산이 아닌 가난을 물려주기 때문에 불행해진다는 것이다. 물론 틀린 말은 아니다. 하지만 부모에게서 박복한 팔자를 물려받는 현상 뒤에는 보다 복잡한 인과관계가 있다.

　　무능한 부모가 자식에게 물려주는 것은 가난뿐만이 아니다. 자신을 불행으로 내몬 성향까지 고스란히 물려주는 것이다. 스티브 비딜프의 저서에서는 이와 관련된 아주 충격적인 구절이 나온다. 심리학을 공부한 저자에 따르면, "불행한 부모들은 자식의 머릿속에 불행을 프로그래밍한다"는 것이다. 결국 자식들은 애초 자신에게 입력된 대로 평생 불행을 부르는 행동 패턴을 반복하게 된다. 이러한 주장은 사람의 '성향'과 깊은 관계가 있다.

일간지와 월간지를 펼칠 때마다 띠별 또는 별자리별 운세를 가장 먼저 챙겨 보는 20대 여성들은 팔자와 운명이 같은 것이라고 생각하지만, 사실은 그렇지 않다. 우리가 팔자라는 부르는 것은 사실 한 사람이 평생에 걸쳐 하게 되는 수많은 선택으로 정해지며, 그 선택은 개인의 성향에 의해 좌우된다.

어린 시절 나는 어머니에게 "우리는 돈복도 지지리도 없다"는 말을 수없이 들으며 자랐다. 부모님이 집이나 땅을 사면 값이 오르지 않다가 그것을 팔고 몇 년이 지나면 값이 뛰는 일이 몇 번이나 있었기 때문이다. 어머니는 늘 우리가 돈복이 없기 때문에 아무리 노력해도 소용이 없다며 한숨을 내쉬곤 했다. 그러면 아버지는 정직한 사람이 잘살 수 없는 이 세상이 잘못된 거라고 어머니를 위로했다.

덕분에 나는 다 자라서도 돈 욕심 낼 줄 모르는 '순수하고 착한' 처녀가 되었다. 어차피 부유한 삶이란 나하고 전혀 상관없는 것인 양 여겼다. 그래서 나는 멀쩡한 대학을 졸업한 뒤에도 제대로 돈 버는 일을 하고 싶지 않았고, 돈 많은 남자는 거만하고 세상을 모른다는 이유로 사귀려 들지 않았다. 나는 인생의 전환점을 맞을 때마다 나도 모르게 가난과 불편함을 선택하며 살았던 것이다. 그리고 내 어머니와 똑같이 '복 없는 팔자'라고 생각했다.

20대 후반에 정신을 차리고 나서야 내가 홀리기라도 한 듯 엉뚱한 선택을 하며 살게 만든 장본인이 바로 사랑하는 부모님이었음을 깨달았다. 알고 보니 부모님이 부동산으로 늘 손해를 본 건 돈복이 없어서가 아니라 경제 흐름을 읽지 못했기 때문이었고, 불편한 삶을 살았던 건 그것을 고치기보다는 받아들이는데 익숙했기 때문이었다. 나는 자꾸만 가난한 삶의 방식을 택하면서 부자가 되기를 내심 바랐다.

부모님은 당신들도 모르게 나를 조종하고 있었던 것이다.

물려받은 팔자도 얼마든지 고칠 수 있다

팔자를 부모에게 물려받는다 해도 불행한 부모와는 다른 삶을 살아가는 사람들이 얼마든지 많다. 사람들은 보통 그런 사람들에게 박수를 보내며 "삶은 스스로 개척해 가는 것이며, 부모의 인생이 곧 자식의 인생은 아니다"라고 말한다. 그러나 그들은 부모의 삶을 의식하지 않고 무작정 노력한 사람들이 아니라, 오히려 운명이나 팔자와 선택의 상관관계를 일찌감치 깨닫고 부모와 다른 길을 찾아낸 사람들이다.

비록 부모에게서 불행과 가난을 입력받았다고 해도 얼마든지 불행을 선택하는 삶의 패턴에서 벗어날 수 있다. 우리는 프로그래밍된 대로만 실행할 수 있는 컴퓨터가 아니기 때문이다.

부모와 다른, 그보다 더 나은 삶을 살고 싶은가? 그렇다면 부모를 존경하고 사랑하는 마음과는 별개로 그들의 성향과 선택의 패턴을 냉정히 평가할 수 있어야 한다. 그래야 자신의 뇌 속에 어떤 선택의 성향이 프로그래밍 되어 있는지 알 수 있다. 그 프로그램의 정체를 안다는 것은 그로부터의 탈출이 이미 시작되었다는 뜻이기도 하다. 만약 당신 안에 부정적이고 어리석은 선택을 할 가능성이 잠재돼 있다면 지금 당장 '좋은 성향'을 연마하는 하드 트레이닝에 돌입하라.

지금 당신의 부모처럼 살고 싶지 않다면 그 이유를 분석해 보라. 부모가 가난하거나 불행한 이유를 '너무 사람이 좋아서'라거나 '운이 없어서'라고 믿어온 사람들도 인생의 중요한 기로에서 부모가 어떤 선택을 했는지 따져보면 일련의 공통점을 발견할 수 있을 것이다. 그 공통점이 바로 그들이 그렇게 살고 있는 이유다.

당신이 예민한 사람이라면 이미 부모의 불행 인자를 발견하고 그 부분을 싫어 하고 있을지도 모른다. 하지만 그런 영민한 사람들조차 자신이 부모의 그런 부분을 닮아 있다는 것은 깨닫지 못하는 경우가 많다.

부모님이 불행인자를 프로그래밍해 주었다고 해서 그들이 나쁜 부모라는 뜻은 아니다. 인간은 누구나 불완전하며 부모도 인간이다.

따라서 부모가 물려준 불행 프로그램을 인지하고 수정하는 일은 부모 존재에 대한 부정이나 배은망덕이 아니다. 원망이나 죄책감을 느낄 필요가 없다. 부모는 늘 자식이 자신보다 나은 존재가 되기를 원하니 오히려 그들도 환영할 만한 일이다. 다만 굳이 이런 과정을 입 밖에 내어 서로에게 불필요한 생채기를 낼 필요는 없다.

선택은 곧 그 사람이다. 그러므로 나를 새로 프로그래밍하기 위해서는 선택의 기로에 섰을 때 '내가 무엇을 원하는가'에 앞서 '이 결정이 나를 행복하게 해줄 것인가'를 생각하는 연습을 해야 한다. 이러한 두 가지 선택의 기준을 같게 여기기 쉽지만, 의외로 자신을 불행하게 하는 일인 줄 뻔히 알면서도 불 속으로 뛰어드는 불나방처럼 불행한 선택을 하고 마는 여자들이 많다. 의외로 내가 끌리는 일과 내게 좋은 일이 일치하지 않는 경우가 더 많다.

그러므로 어떤 선택의 기로에 서더라도 지금 당장 자신의 마음이 시키는 대로 하지 말라. 그 결정은 정말 당신이 원하는 것이 아니라 머릿속의 프로그램이 시키는 것일 수 있다. 그럴 때마다 당신보다 더 부유하고, 능력 있고, 스스로를 행복하게 만들 줄 아는 사람에게서 힌트를 구하라. 당신이 원하는 삶의 그림을 그리고 거기에 도달하기 위해 필요한 자신만의 인식의 설계도를 그려라. 당신 마음속의 선택이 일부러 노력하지 않아도 그 설계도와 일치하는 날, 당신은 부모가 창조한 '매트릭스'에서 탈출하는 것이리라.

불행을 거부하고
행복을 선택하라

불행을 찾아다니는 여자들

어느 누구도 불행하기를 원하지는 않을 것이다. 그러나 불행한 삶을 사는 여자들을 자세히 관찰해 보면 그녀들이 스스로 불행을 선택하는 것을 볼 수 있다.

스스로가 늘 불행하고 운이 없다고 말하는 여자가 있었다. 항상 주변 사람에게 자신은 왜 이런 운명을 타고났는지 모르겠다고 한탄하고, 친구들이 그 말에 동조하며 위로해 주기를 바랐다.

그녀는 대학 시절 한 남자를 사랑했다. 남자는 악기를 잘 다루고 문학을 좋아하는 낭만적인 사람이었으나 그녀에게 불성실했다. 잠자리를 같이할 정도로 가까워졌으면서도 전혀 연인다운 대우를 해 줄 줄 몰랐고, 가끔 다른 여자들을 만나기도 했다. 주변에서는 왜 그런 사람을 만나냐며 헤어지라고 했지만 그녀는 마음대로 안 된다고 한숨만 쉬었다. 그러곤 끝내 남자로부터 일방적으로 이별 통고를 받고 말았다.

대학을 졸업하고 그녀는 조그만 유통회사를 다니게 되었는데, 직장을 못마땅해 하면서도 정작 자신이 원하는 직종은 '경쟁이 치열하다'는 이유로 거들떠보지도 않았다. 만나기만 하면 자신은 남자 운도 없고 직장 운도 없다고 신세 한탄만 하는 그녀를 친구들도 차차 멀리했다. 그녀는 친구 복도 없다며 자신의 삶을 비관하기 시작했고 아직도 그렇게 살고 있다.

불행한 운명임에는 틀림없다. 그러나 하늘이 정해주었기 때문이 아니라 자신이 불행을 늘 선택했기 때문에 지게 된 운명이다. 연애를 했는데 알고 보니 상대가 인간말짜였다든지, 마음에 드는 직장을 다닐 환경이 안 된다든지 하는 것들은 누구에게나 있을 수 있는 일이고 인간의 힘으로 어쩔 수 없는 '재수 없는 일'이기도 하다.

하지만 누구나가 그런 경우를 만난다고 해서 불행해지는 것은 아니다. 그녀가 자신의 행복을 컨트롤할 수 있는 여자였다면 매력적이긴 하나 자신에게 불행한 감정을 느끼게 하는 남자에게 매달리지 않고 진작에 헤어졌을 것이다. 또 졸업 후에도 자신을 만족시키지 못하는 시원찮은 일자리에 연연하지 않고 과감하게 공부를 더 한다거나, 그것도 여의치 않다면 아예 생각을 바꿔서 자신의 일에 애정을 느끼려고 노력하며 나름대로 즐거운 생활을 꾸려나갔을 것이다.

불행을 찾아다니는 여자들은 늘 불행의 원인을 다른 사람, 또는 운명의 탓으로 돌린다. 자기의 잘못을 인정한다 하더라도 '어쩔 수 없었다'는 단서를 반드시 붙인다. 그래서 스스로 불행의 요소들을 제거하지 못하고 불행의 패턴을 반복하는 것이다. 불행은 '자신의 힘으로는 인생을 어쩔 수 없다'는 생각에서부터 출발한다. 한마디로 불행을 거부할 줄 모르는 것이다.

반면 똑똑한 여자들은 자신이 불행한 원인을 알아내 떨치고 일어날 줄 안다. 그리고 행복을 선택하기 위해 과감히 떠날 줄도 안다.

암보다 무서운 관성

불행한 여자들이 불행을 선택하는 가장 큰 이유는 '관성'이다. 움직이거나 상황을 변화시킬 때의 파동을 두려워해서 좀처럼 다른 선택을 하려 들지 않는 것, 그것이 불행의 주범이다.

불행한 여자들이 늘 그렇게 '가만히 있는 것'을 선택하기 때문에 그녀들 자신은 스스로가 불행한 길을 선택한 것이라는 사실을 의식하지 못한다. 그래서 그녀들은 늘 이렇게 말한다.

"나는 가만히 있는데 불행이 날 따라다녀!"

그녀들의 또 다른 특징은 자신들의 어리석은 선택을 합리화하는 데 도가 터 있다는 것이다. 앞서 말한 여자는 운명을 탓하느라 자신에게 충실하지도 않고, 더욱 충실하지 못한 남자친구에게 실낱같은 희망을 걸어보려고 애를 썼다.

"그래도 얼마나 속정이 많다고. 늦은 밤이면 여자 혼자 위험하다고 꼭 집까지 데려다준다니까."

그런 그녀에게 그냥 아는 직장 동료라도 그 정도는 해준다고 말해봤자 아무 소용 없었다. 이러한 관성은 때로 '만족'이라는 옷을 입고 그럴듯하게 행세하기도 한다.

"남들이 아무리 뭐라고 그래도 나는 이대로 만족해."

곁에서 누가 충고를 해주고 싶어도 이런 대꾸에는 말문이 막히게 마련이다.

그러나 솔직히 말해 남들이 모두 혀를 차는 삶이 정말 행복한 삶이기는 힘들다. 남들이 모두 '아니다'라고 하면 한 번쯤 귀를 열고 다시 생각해 보는 것도 행복을 선택하는 한 방법이다. 불행을 선택하는 여자들 대부분이 쓸모없는 면에서 소신이 강하다는 사실을 기억해 둘 필요가 있다.

삶에 만족한다는 말은 함부로 쓰는 것이 아니다. 만족이라는 말은 폐쇄적이기 때문이다. 그것은 세상에 널려 있는 무한한 가능성을 닫아두고 현재 자신의 모습에만 머물겠다는 의미다. 발전 없이 현재의 모습에만 머문다는 것은 행복의 의미와 거리가 멀기 때문에 '만족'도 엄밀한 의미에서는 행복과 상관없는 말이다. 그러고 보면 '만족'이란 죽기 전 유언에나 어울리는 말일 것이다.

불행을 선택하는 여자들은 늘 '만족'하고, 행복을 선택하는 여자들은 '감사'를 한다. 사람들이 자신의 삶을 평가할 때 자주 쓰는 '만족'이라는 말은 모두 '감사'라는 말로 대체되어야 한다.

헤르만 헤세의 『데미안』에는 알의 껍데기를 깨고 나와 아브락사스 신에게 날아가는 새 이야기가 나온다. 생명이 세상에 태어나기 위해 하나의 세상을 파괴해야 하는 딜레마는 새한테만 해당되는 이야기가 아니다. 우리의 삶에서도 모든 좋은 것은 크건 작건 간에 파괴하고, 떠나고, 버리는 일들을 통해서 만들어지기 때문이다. 행복은 정적인 것이 아니라 동적인 것이며, 적극적인 것이다.

외국 공관에서 일하는 지인 W는 모든 걸 다 가진 것으로 보이는 여자다. 연봉 높고 가정적이기까지 한 남편과 사랑스러운 두 아이, 오후 네 시면 퇴근하는 안정적이고 좋은 일자리까지 가졌다. 단 한 번도 인생의 파고를 경험해 본 적이 없었을 것만 같은 그녀가 불과 몇 년 전까지만 해도 반지하 집에서 살았다는 이야기를 듣고 깜짝 놀랐다.

십 년 전 남편이 일하던 외국계 기업이 한국에서 철수하면서 실직을 하면서 부부는 선택의 기로에 놓이게 되었다고 한다. 커리어를 다 버리고 눈높이를 낮춰 일자리를 구하든지, 공부를 해서 자격증을 따 더 나은 일자리를 노려보든지.

당장을 생각한다면 질이 낮은 일자리라도 서둘러 구하는 게 모두에게 편하고 안정된 선택일 수도 있었다. 하지만 그녀는 잠깐의 위기를 극복하지 못하고 남편의 경력을 묻어버리는 게 안타까웠다. 남편과 가족 모두를 위해서 W는 남편을 설득해 후자의 길을 택하게 했다. 그녀의 월급만으로는 생활비와 남편 공부 지원이 어려웠기에 살던 아파트를 떠나 주택 반지하로 이사해 그 차액으로 자금을 마련했다. 그녀의 용감한 선택의 대가는 생각보다 혹독했다. 모자란 생활비는 일일이 반찬을 만드는 등 그녀의 노동으로 메웠고, 쉬는 시간을 줄여 영어 그룹과외를 했다. 직장에서 과로로 쓰러진 적도 있었다.

다행히 남편은 1년 만에 자격증 시험에 합격했고 헤드헌터를 통해 원하던 회사에 들어갈 수 있었다. 이후 그녀는 몇 년 더 고생을 한 끝에 지금의 삶의 궤도에 오를 수 있었다. 남편이 성공적으로 재취업을 하지 못했다면 어쩔 뻔했냐는 질문에 그녀는 "뭐 그대로 열심히 사는 거지 별 수 있었겠나"고 태연히 대답한다.

"사는 건 투자의 연속이에요. 원금이 보전되는 저축하고는 다르죠. 몇 배로 불릴 수도, 투입한 노력이 흔적도 없이 사라질 수도 있어요. 하지만 손해 보는 게 무서워서 그냥 제자리에만 있으면 결과적으로는 내가 가진 걸 알게 모르게 잃게 되는 것 같아요. 저축한 돈을 그대로 갖고 있기만 하면 화폐가치가 떨어지는 것처럼요. 내가 손해를 감당할 수 있는 한도 내에선 자꾸 투자를 해야 더 나아질 수 있어요."

함께 어려움을 극복하고 원하던 삶의 질을 지킨 가족들은 전보다 더 화목해졌다고 한다. 광고 캠페인에 나오는 것만 같은 그 가족의 정적이고 평화로운 모습은 사실 그녀의 적극적이고 동적인 결단의 산물이었던 것이다.

의외로 현실에서는 행복이라는 정적인 개념에는 용기와 결단력이 필요하다. 행복한 여자란 흔히 알고 있는 것처럼 용기와 결단력이 필요 없는 상황만 만나는 운 좋은 여자를 가리키지 않는다는 말이다. 이 세상에 그 정도로 운이 좋은 여자는 없다.

행복이란 것의 속성이 요란스럽고 화려하지 않으므로 행복한 여자들은 조용하고 내성적인 성향을 가진 듯 보인다. 그러나 그 평화를 유지하기 위해서 그녀들은 지금도 남모르게 수많은 세계를 파괴하며 살고 있다는 것을 알아두자.

똑똑한 여자만 행복해질 수 있다

당연한 말일지 모르지만 '불행을 찾아다니는 여자들'은 자신이 그런 유형의 사람인지를 알지 못한다. 그런 여자들은 불행의 원인이 자기 자신이라는 사실을 깨닫기만 해도 삶의 질이 훨씬 나아진다. 그 깨달음 자체가 바로 하나의 세계를 깨뜨리는 일이기 때문이다.

이 글을 읽는 당신이라고 해서 불행을 찾아다니는 여자이지 말란 법이 없다. 자기 자신이 불행하다고 생각한다면 다음의 몇 가지 내용에 얼마나 동의하는지 스스로에게 물어보기 바란다.

□ 나는 내가 항상 운이 없다고 생각한다.

□ 내 처지가 싫지만 난 그동안 최선을 다했다. 그냥 생긴 대로 살다 죽으련다.

□ 아무리 작은 일이라도 새로 시도하는 것이 귀찮다.

□ 사회가 문제다. 이런 나라에서 태어나 어떻게 행복하게 살기를 바라겠는가.

□ 나와 같은 불행한 처지의 친구들을 만나 마음을 터놓고 이야기하는 것이 좋다.

□ 행복한 삶을 살 수 있는 여자는 따로 있다고 생각한다.

□ 부족한 것 없이 행복하게 사는 여자들을 보면 얄밉다.

위 항목 모두에 '그렇다'고 대답했다면 당신은 지금 불행을 선택하며 살고 있는 사람일 가능성이 높다. 하루라도 빨리 그 불행의 패턴에서 벗어날 수 있는 계기를 마련해야 한다. 행복이라는 뚜렷한 목표를 가지고 더 나은 방향을 모색하는 당신의 삶은 이미 이전과는 다른 것이 되어 있을 것이다.

Chapter
3

좋은 팔자는
내가 만드는 것이다

당신 운명을 '좋은 팔자'로 만들기 위해서 가장 먼저 해야 할 일은 스스로를 귀족
으로 대접하는 것이다. 당신 자신에게 품위와 예를 다하라. 그러면 신기하게도 인생
이 당신 편으로 돌아선다.

자기 자신을
귀족으로
대접하라

똑똑한 여자는 스스로를 초라하게 만들지 않는다

얼마 전 모교의 도서관에 들렀다가 휴게실 테라스에서 커피를 마시고 있을 때였다. 무심코 고개를 들었다가 한 여학생을 발견하고는 그녀에게서 눈을 뗄 수가 없었다. 아버지 옷을 빌려 입고 나온 듯 헐렁한 점퍼, 막 잠자리에서 떨쳐 일어난 듯 까치집이 지어진 머리, 두꺼운 안경.

한껏 멋을 부린 요즘 대학생들 사이에서 도드라져 보이는 겉모습도 범상치 않았지만 정작 내 눈길을 잡아끈 것은 그녀의 행동이었다. 그녀는 집에서 싸 온 차디찬 도시락을 손에 든 채 벽을 보고 서서 밥을 먹고 있었다. 물론 테라스에는 빈자리가 많았다.

아마도 그녀는 도시락을 먹는 자신의 모습을 남이 보는 게 싫었던 모양이다. 그래서 사람이 별로 없는 테라스로 굳이 나가 남들의 시선을 등지고 서서 밥을 먹은 것 같다. 그녀는 자신이 목표한 것 외에는 아무 데도 신경 쓰고 싶지 않은 고시생이었는지도 모른다. 값싼 구내 식당 밥조차 사 먹을 형편이 안 되는 고학생이었을 수도 있다. 그러나 수많은 사연을 가정해 본다고 해도 하지 않을 수 없는 질문이 한 가지 있다.

"당신은 왜 스스로를 그렇게 대접하는가?"

사람은 자기 됨됨이만큼 남에게 대접받기도 하지만 남에게 대접받는 대로 됨됨이가 달라지기도 한다. 주변에 나를 치켜세워주는 사람이 많으면 나는 정말 칭찬받을 만한 사람이 된다. 그런데 중요한 사실은 자신을 귀하게 여길 줄 모르는 사람은 다른 어느 누구도 귀하게 대접해 주지 않는다는 것이다.

당신 운명을 '좋은 팔자'로 만들기 위해서 가장 먼저 해야 할 일은 스스로를 귀족으로 대접하는 것이다. 어떤 경우에도 당신 자신이 비참함과 초라함을 느끼도록 방치하지 말라.

추운 곳에서 선 채로 도시락을 먹던 그 여학생은 자신의 초라함을 타인에게 보이고 싶지 않았을 것이다. 그러나 그것은 얼마든지 피할 수 있는 초라함이었다. 굳이 노숙자 같은 차림을 해야 공부가 잘되는 것은 아니다. 또 대학생이 도시락 싸서 다니는 게 손가락질 받을 일도 아니니 따뜻한 실내에서 얼마든지 편안한 자세로 밥을 먹을 수 있다. 설사 그녀가 찬바람을 쐬며 서서 밥을 먹는 것을 편안해하는 특이한 취향을 가져서 그랬다고 해도 마찬가지다. 누가 봐도 초라한 상황으로 자신을 내모는 사람은 굴곡 있는 인생으로 가기는 쉬워도 '팔자 좋은 삶'으로 들어오기는 힘들다.

가끔 젊은 날의 치기로 자신을 극한 상황으로 몰아가며 쾌감을 느끼는 사람들이 있다. 설마 누가 그럴까 싶겠지만 수많은 20대가 비참한 상황을 자처하며 인생을 배우는 거라고 말한다. 때로 그것을 '헝그리 정신'이라고 표현하기도 한다. 하지만 그런 식으로 헝그리 정신이라는 말을 남발하다가 평생 '헝그리' 하게 살아가기 십상이다. 20대에 선물처럼 주어지는 에너지는 그런 데 허비하라고 있는 게 아니다.

자신을 귀족으로 대접하는 것은 사람들이 흑사병처럼 취급하는 '공주병'과는 다르다. 공주병은 다른 사람더러 자기를 대접해 달라는 강요로 거부감을 일으키지만, 자신을 귀족 대접하는 것은 가만히 있어도 다른 사람들이 알아서 대접하도록 만드는 것이다.

자신을 사랑하는 마음도 연인에게 하듯 '표현'을 해주어야 한다. 연인에게 근사한 식사를 대접받거나 선물을 받을 때 애정을 확인하고 행복해지는 것처럼, 스스로를 사랑하는 마음도 행동으로 표현될 때 자존감을 높여준다.

자신을 귀족으로 대접하면 정말 귀족처럼 산다

L은 누가 봐도 부잣집에서 곱게 자란 여자로 보였다. 잡지사 기자라는 자유분방한 직업을 가졌는데도 늘 흐트러짐 없이 행동했고, 나이가 어린 사람에게도 웬만큼 친해지기 전까지는 꼬박꼬박 존댓말을 썼다. 항상 긍정적으로 생각하고 말하는 것도 그녀가 귀족이라는 증거였다. 당연히 사람들은 그녀를 함부로 대하지 못했다.

신기한 것은 결코 미인이랄 수 없는 그녀가 자꾸 보다 보니 예뻐 보이는 것이었다. 그녀는 자신의 외모를 자랑한 적이 한 번도 없었는데, 사람들은 최면이라도 걸린 듯 그녀를 미인이라고 칭찬했고 나도 거기에 토를 달지 않았다.

드러내 말로 표현한 적은 없지만 그녀는 자신이 아름답고 능력 있고 특별한 존재라고 믿는 듯했고, 신기하게도 주변 사람들까지 자연스럽게 그녀를 아름답고 능력 있고 특별한 존재로 생각하게 되었다.

게다가 L은 한국 사회에서는 꽤 치명적인 서른세 살 노처녀라는 핸디캡에도 불구하고 최고의 조건을 가진 남자를 만나 결혼했다. 지금도 그녀는 자신의 일을 계속하고 가정도 근사하게 꾸려가면서 매우 잘 살고 있다.

L이 태생적인 귀족이 아니라는 사실을 알게 된 것은 최근의 일이었다. 알고 보니 그녀는 가난한 홀어머니 밑에서 힘들게 자란 사람

이었다. 결혼이 늦어진 것도 가족들의 생계를 책임지고 있기 때문이었다. 그녀는 후천적으로 귀족의 삶을 택함으로써 정말 귀족의 팔자를 살게 된 셈이었다.

20대 여자들은 이쯤에서 L의 남편이 알고 보니 의처증 환자나 폭력 남편이었더라는 식의 후일담이 첨부되기를 기대하고 있을 것이다. 하지만 그런 일은 없었다. L이 분수에 넘치는 운을 손에 넣은 것이 아니기 때문이다. 그녀는 오랜 시간 동안 스스로 귀족이 되어 살면서 귀족처럼 살 자격을 갖추게 되었다.

사람이라는 그릇은 그 폭과 깊이만큼 채워지게 마련이다. 그러므로 '분수껏 살자' 또는 '소박하게 살자'는 충고에 얽매여 살지 말자. 왜 부와 명예가 있는 삶을 원하면서도 그것을 욕심이라고만 생각하는가. 그런 이중성이 20대 여자들의 삶을 괴롭히는 것이다. 자신이 원하는 삶이 있다면 그것이 다른 어느 팔자 편한 여자의 것이라고만 여기지 말고 내 것이라고 생각하자.

자신의 현재 처지만 생각하고 앞으로의 삶까지 그 안에 가둬두지 말라. 팔자는 얼마든지 바뀔 수 있다. 당신은 아직 20대다. 자기 삶을 귀족의 삶으로 바꿀 시간이 얼마든지 있다. 꼭 돈이 있어야, 나를 대접해 줄 왕자가 있어야 귀족이 된다고 생각하지 말라. 돈과 왕자는 운만 좋으면 아무한테나 주어지는 것인 줄 아는가. 먼저 나 스스로가 귀족이 되어야 돈과 왕자도 따라와주는 것이다.

내가 나를 세워주는 귀족 매뉴얼

그렇다면 스스로를 귀족대접해 주기 위한 여자들은 무얼 어떻게 할까?

첫 번째, 귀족의 최일순위 미덕이 '노블레스 오블리주(noblesse oblige)'임을 잊지 말자.

전에 대학가의 카페에서 커피를 마시고 있을 때였다. 어디선가 장소에 어울리지 않는 냄새가 나 주위를 둘러보았더니 서너 명의 여대생들이 찐만두를 싸들고 와서 나눠 먹고 있었다. 그녀들은 한국어와 영어를 반씩 섞어서 큰 소리로 대화를 하고 있었는데, 그 자리에 없는 친구 아무개의 영어 발음이 이상하다며 헐뜯고 있었다. 나는 그때 타인을 배려하지 않는 사람이 얼마만큼 천박해 보이는지 눈으로 확인했다. 한편으로 나는 그녀들이 안쓰럽기도 했다. 그렇게 행동하는 사람들의 마음 안에는 남보다 나은 것이라고는 외국어에 능란한 것 하나뿐이라는 열등감이 있기 마련이다.

젊은 여자가 자신을 가장 잘 대접하는 비결 중 하나는 역설적이게도 남을 배려하는 것이다. 심리학자들은 상하관계에 있는 두 사람 중 누가 윗사람인지 구분하는 실험을 한 적이 있다. 더 우위에 있는 쪽이 자기보다 아래인 사람을 배려하는 모습을 보인다는 것이다. 흔히 말하는 갑을 관계에서 '을'은 갑의 눈치를 보기 바쁘지만 보다 심리적 여유가 있는 '갑'은 상대의 입장을 헤아리고 배려를 할 수 있다는 것이다. 커피향이 그득해야 할 카페에 찐만두를 사가지고 들어갈 생각을 할 정도로 남을 배려할 여유가 없는 사람이라면 온 세상 사람들 아래에 있는 '을'일 수밖에 없다. 남이 함부로 대할 수 없는 사람이 되고 싶다면 남을 함부로 대하지 않는 사람이 되어야 한다. 양방향 문을 드나들 때에는 뒤에 따라오고 있는 사람이 없는지 살펴보고, 누군가 당신을 위해 문을 잡아주었다면 고맙다는 인사 정도는 하자. 공공장소에서 매니큐어를 바르거나 영화관에서 핸드폰 액정 화면을 켜는 것 같은 일을 하기 전에 그 공간을 공유하는 사람들에게 불편을 끼칠까를 한 번쯤 생각해 보자. 다시 볼 일 없는 낯선 사람들인데 무슨 상관이냐고? 그런 생각을 할 줄 아는 사람인가 아닌가가 앞으로 당신의 삶의 질을 결정하기 때문이다. 남을 대하는 태도가 실은 자신을 대하는 태도의 반영이다.

두 번째, 스스로를 귀족으로 대접하는 일들을 실천하는 것이다.

자신을 위해서 가끔은 제대로 요리를 하고, 열심히 일하고 난 다음엔 보상으로 원하는 것을 자신에게 선물해 보기도 하자. 남이 감히 나를 낮춰보지 못하도록 시정잡배 같은 거친 말투나 행동은 삼가고 옷도 아무렇게나 입지 말자. 다른 사람들이 싫어할 정도로 오만을 떨라는 말이 아니다. 소탈해 보이면서도 어딘지 모르게 함부로 대할 수 없는 사람, 제대로 대접받을 줄 아는 사람이 되라는 말이다.

농담으로라도 스스로를 비하하는 말은 하지 말라. 말 그대로 꽂으로도 때리지 말라. 당신 자신에게 품위와 예를 다하라. 그러면 신기하게도 인생이 당신 편으로 돌아선다.

공주의 손과
무수리의
발을 가져라

신부 수업, 절대로 하지 마라

얼마 전 결혼한 S의 집들이에 갔다가 음식이 맛있어서 칭찬을 했다. 그랬더니 그녀는 사실 모두 반찬가게에서 사 온 거라며 맛있으면 됐다고 했다. 알고 보니 S는 할 줄 아는 음식이라곤 김치볶음밥과 라면이 전부인 요리 문외한이었다.

"이게 다 우리 엄마 때문이야. 결혼 전에 이것저것 살림을 좀 배워놨으면 편했을 텐데 하나도 가르쳐주지 않았지 뭐야."

"어머님이? 아니 왜?"

"그래야 팔자가 편하대. 여자가 살림 잘해봤자 남의 뒤치다꺼리밖에 더하겠냐고."

'여자는 출가외인'을 운운할 법한 환갑 어르신의 독특한 사고가 신기해서 한참 동안 웃긴 했지만, 한편으로는 참 그럴듯한 말씀이라는 생각이 들었다.

집안 살림이라고 해서 다 같은 집안 살림이 아니다. 남을 위한 것이 있는가 하면, 자기 자신의 만족을 위한 것이 있다. 남을 위한 살림은 나 이외의 다른 식구를 먹이고 입히고 재우는 일을 책임지는 것이다. 그러나 자기 자신을 위한 살림은 나를 포함한 가족들의 생활을 디자인하는 것이다. 전자에서는 '생계'의 냄새가, 후자에서는 '향유'의 냄새가 난다.

그런데 신부 수업이라는 말이 함의하는 집안 살림은 남을 위한 것인 경우가 많다. 먹고살기 위해 필요한 이런 노동력은 일당 5만 원이면 언제든 살 수 있다. 반면 가정이라는 공간을 관장하는 진정한 안주인의 능력은 배우지 않아도 스스로 찾아 나가게 되어 있으며, 어느 누구도 대신해 줄 수 없는 고유한 영역이다. '손에 물 안 묻히고 산다'는 말이 이런 경우를 가리키는 것이다.

S의 어머니는 딸이 저부가가치인 단순 살림에 파묻혀 살기보다는 팔자 편한 안주인이 되기를 원했을 것이다. 실제로 S는 자기 살림에 대한 취향과 주관이 뚜렷해서 그 집에 놀러 가면 안주인의 향기를 느낄 수 있다. 누구든 그 집에 들르는 사람은 맛있는 커피와 독특한 카나페를 얻어먹을 수 있다. 그러나 거대한 설거지더미를 남기는 식사는 기대할 수 없다. 심지어 그녀의 시부모님조차 말이다.

구정물에 오래 손 담그지 마라

누구나 뭐든 열심히 하는 여자가 성공한다고들 생각한다. 그래서 험한 일에도 주저 없이 나서고, 지저분한 일도 척척 해내는 여자가 '될성부른 나무'라고 칭찬을 받는다. 그러나 진실을 말하자면, 험한 일을 즐겨서 하는 여자는 평생 그렇게 험한 일만 하게 되는 경우가 많다. 허드렛일을 잘하는 종부는 나이가 들어서도 사돈의 팔촌 집안일에까지 불려 다니며 허리 펼 날 없지만, 돌아오는 대가라고는 수고했단 말 한마디가 전부다. 집안일뿐만 아니라 사회에서도 마찬가지다.

'이런 일도 열심히 하다 보면 언젠가 좋은 날이 오겠지' 하는 기대를 가져보지만, 그런 생각은 끝까지 '기대'에 그칠 뿐 현실이 되지 않는다. 늘상 소처럼 일해도 남는 게 없다. 대체 왜 그럴까? 고생 끝에 낙이 온다는 말도 있는데, 인생이 이런 식으로 돌아가면 너무 불공평하지 않은가?

결론부터 말하면, 인생은 고생한 만큼 대가를 주지 않는다. 물론 '젊어서 고생은 사서도 한다'는 말이 암시하듯 고생이 주는 가르침도 있지만, 그건 고생을 통해서 뭔가를 배울 수 있었을 때의 이야기일 뿐이다. 단지 고난을 겪는다고 해서 사람이 성장을 한다면 나이 든 사람들은 모두 인격이 훌륭하고 세상 사는 법에도 통달해 있어야 한다. 하지만 우리 주변에는 나잇값 못하는 중년들도 많다.

중요한 것은 고난을 감수하는 것이 아니라 고난에서 재빨리 빠져나오고 그 일에서 교훈을 얻는 것이다. 구정물에 반지를 빠뜨려 어쩔 수 없이 그 속에 손을 담가야 한다면 최대한 빨리 반지를 찾아 깨끗한 물에 손을 씻을 수 있도록 해야지, 계속 손을 담그고 있어서는 안 된다. 험하고 고생스러운 일은 당신이 원하는 것을 얻기 위해 거쳐야 할 과정일 뿐 정말로 꼭 해야 할 일은 아니란 사실을 잊지 말라.

K는 사내에서 참하기로 소문이 자자한 여자였다. 누가 시킨 것도 아닌데 일찍 출근해서 다른 사람들 책상까지 닦아놓고 사무실 바닥 청소도 했다. 사람들은 자기 일이 밀려 있을 때 으레 K에게 잔심부름을 부탁했고, 그녀는 군말 없이 부탁을 들어주었다. 가끔 단합 대회라도 가면 K는 다른 사원들을 꼼짝도 못하게 앉혀두고 자기가 요리와 설거지까지 도맡았다. 그녀는 자기 일을 하면서 남 뒤치다꺼리까지 신경 쓰는 걸 힘들어했지만 늘 그렇게 살아왔기 때문에 고생으로 여기지 않았다. 그리고 그렇게 해서라도 다른 사람들에게 인정받는 것을 즐기는 듯 보였다. 그녀 역시 늘 자신이 열심히 일을 하고 있는 것 같아 뿌듯하다고 입버릇처럼 말했다.

"이렇게 열심히 살다 보면 언젠가 승진도 하고 연봉도 오르는 보답이 있지 않겠어?"

반면 같은 부서의 S는 K를 거들기는 했지만 되도록 사무실 안의 잡일은 하지 않으려 했다. 대신 자기 일을 열심히 하고 붙임성이 있어서 사람들과 잘 지냈다. S는 자기가 관심을 두고 있는 마케팅 쪽의 전문가가 되려면 어떻게 해야 하나 고민했고, 시간이 날 때마다 정보를 수집했다. 회사 안팎으로 인맥도 두루 만들어놓았다.

몇 년 뒤 다시 만난 K와 S의 모습은 너무나 달라져 있었다. K는 같은 사무실에서 일하던 사람의 아내가 돼 있었다. 수더분한 그녀를 눈여겨보고 프러포즈를 한 남편은 동생들이 줄줄이 딸린 가난한 집 장남이었다. 결혼 후 임신을 하자 그녀는 곧 회사를 그만두었는데, 시원찮은 남편의 월급으로 시댁 생활비까지 보태며 사는 것이 만만치 않았다. 그녀는 푼돈벌이 부업과 시댁의 허드렛일에 푹 파묻혀 살고 있었다.

S는 바라던 대로 마케팅 쪽의 일을 하고 있었다. 2년 전 원하던 마케팅 부서로 연봉까지 대폭 올려서 이직을 했다. 전부터 알고 지내던 거래처 직원에게 정보를 듣고 경력직에 지원할 수 있었다는 것이다. 결혼도 손에 물 한 방울 묻히지 않게 할 만한 사람과 했다.

S는 일하면서 집안일까지 하는 게 힘들다며 입으로는 엄살을 떨고 있었지만 표정만큼은 밝았다. 그런 S를 보고 K는 도무지 알 수 없다는 듯이 중얼거렸다.

"글쎄 사람 팔자는 다 정해져 있다니까. 누구는 뼈 빠지게 열심히 일하는데도 사는 게 거기서 거기고, 누구는 가는 길마다 탄탄대로고……"

좋은 팔자로 살려는 20대라면 '열심히' 산다는 의미를 스스로 명확히 해야 한다. 열심히 사는 삶이란 손을 혹사시키는 게 아니라 발로 뛰는 거다. 손은 공주처럼 곱게 아낄망정 발만큼은 무수리처럼 부지런하게 움직여야 한다. '손으로 일하는 것'은 제자리에서 주어진 일을 감당하는 수동적인 자세이며, '발로 일하는 것'은 끊임없이 변화에 적응해 가며 자신의 길을 찾아 움직이는 적극성을 의미한다.

새로운 길을 모색하고 머리 굴리는 것을 귀찮아하는 여자들은 힘들게 살 수밖에 없다. 덜 힘들게 살 수 있는 가능성에 눈을 돌리지 않기 때문이다. 그러면서도 왜 자신만 이런 팔자를 타고났는지 모르겠다며 한탄한다. 대체 이렇게 열심히 사는데 왜 세상은 그만큼의 보답은 안 해주느냐며 불평한다. 그녀들은 '힘들게 사는 것'을 '열심히 사는 것'으로 착각하는 경우가 많다.

이런 생각을 하며 사는 여자들 주변에는 또 비슷한 생각을 가진 사람들만 모여든다. 손바닥만 한 세계에 머물러 있는 사람들끼리 매일 똑같은 이야기를 주고받으며 서로의 좁디좁은 생각을 확인하는 일이 반복되니 '힘들이지 않고도 잘나가는' 여자들의 인생이 영영 미스터리일 수밖에 없는 것이다.

사람들은 팔자 편한 여자들이 제자리에 머물러 있다고 생각한다. 그러나 손을 움직이지 않는다고 해서 그들이 쉬고 있다고 생각하지 말라. 그들의 생각은 지금도 발 빠른 적토마처럼 세상을 누비고 있다.

싹싹한 여자가
세상을
평정한다

잘 묻고 잘 부탁하라

나이가 들고 아줌마가 되어 좋은 점 중 하나가 전보다 뻔뻔해졌다는 것이다. 병원에서 진찰을 받을 때도 의사를 어려워하지 않고 꼬치꼬치 캐물어 내 병에 대해 더 잘 알 수 있고, 물건을 살 때도 가벼운 말 한 마디로 덤을 얻어낼 수 있다. 별것 아닌 것 같지만 한국의 젊은 여자들은 남에게 묻거나 부탁하는 걸 매우 쑥스럽게 생각한다.

얼마 전 대학 구내식당에서 밥을 사 먹으려고 줄을 섰을 때의 일이다. 나는 식판의 단무지가 모자랄 듯해 아주머니에게 좀 더 달라고 말했다. 그 모습을 본 학생들은 그제야 너도나도 "저도요" 하며 식판을 내미는 것이었다. 그전에는 학생들이 반찬을 더 달라고 말하는 것을 거의 본 적이 없었다.

다른 사람에게 피해를 주거나 염치없는 일이 아니라면 정중하게 묻고, 부탁하라. 사람들은 의외로 당신의 부탁을 성가시게 여기지 않는다. 더구나 당신은 묘령의 20대 여인이 아닌가. 당신의 부탁을 거절하는 사람을 찾는 게 더 힘든 일일 것이다.

묻고 부탁하는 것을 잘하는 사람은 무슨 일을 하건 효율적이다. 나 혼자 하루 종일 끙끙거려야 겨우 알아낼 수 있는 새 프로그램 사용법을 그 프로그램에 익숙한 동료에게 물어보면 10분 이내에 알 수도 있다. 그러나 그 미덕은 당장 편하다는 데서만 그치는 것이 아니다.

무언가를 묻고 부탁한다는 건 세상에서 겉돌지 않고 적극적으로 개입하게 된다는 뜻이기도 하다. 따라서 잘 묻고 잘 부탁하는 사람은 주도적인 삶의 자세를 갖는 경우가 많다. 컴퓨터를 만드는 회사를 움직이는 사람은 컴퓨터를 잘 만드는 사람이 아니라 컴퓨터를 잘 만드는 사람에게 부탁을 잘하는 사람이다.

당신이 삶에서 더 큰 것을 얻고 싶다면 묻고 부탁하는 훈련을 해야 한다. 조금만 뻔뻔해지면 더 많은 것이 보인다.

싹싹함도 훈련이다

미술을 전공한 S는 일러스트레이터가 되고 싶었다. 그러나 경력도 없이 일을 시작하는 것이 쉽지 않아 졸업 후에도 일자리를 구하지 못하고 있었다. 어느 사설 도서관에서 아르바이트를 하게 된 S는 틈틈이 그림 공부를 하며 꿈을 키워갔다.

하루는 40대 신사가 대출한 책을 반납하는데, 책표지를 보니 이탈리아 유명 동화 전시회의 일러스트를 모아놓은 선집이었다. S는 반가운 마음에 "이 책, 볼만하시던가요?" 하고 물었다. 신사는 도서관 사서가 말을 거는 일이 생경한 듯 잠시 주춤하다가 이내 미소를 띠며 대답했다.

"예, 동화 일러스트에 관심이 있다면 꼭 한 번 볼만하지요."

"그래요? 그럼 저도 꼭 한 번 빌려서 봐야겠네요. 고맙습니다."

S의 웃는 얼굴을 보고 기분 좋은 얼굴로 나가려던 남자는 다시 몸을 돌려 그녀에게 물었다.

"혹시 동화 일러스트 하시는 분인가요?"

"관심은 있지만, 아직은 공부만 하고 있어요."

"흠, 그래요? 그럼 나중에 이리로 연락 한번 주세요. 포트폴리오 좀 봅시다."

남자가 내민 명함을 보고 S는 깜짝 놀랐다. 그는 그림책을 잘 내기로 유명한 출판사의 사장이었던 것이다. 새로 기획하고 있는 동화책에 들어갈 그림의 화풍을 연구하느라 도서관에서 책을 뒤지던 사장은 S의 그림을 마음에 들어했고, 그녀는 생각지도 못했던 기회를 얻어 그림 작가로 데뷔하게 되었다.

'싹싹하다'는 것은 세상과의 소통을 두려워하지 않는다는 것이다. 낯선 사람에게 말을 붙이고 데면데면한 사람의 마음을 무장해제 시킬 수 있는 사람은 더 많은 사람과 소통하고, 또 더 많은 기회를 얻을 수 있다.

더 좋은 것은 나이 든 여인이 싹싹하면 '오지랖 넓다'는 소리를 듣고, 젊은 여자가 싹싹하면 '애교 있고 성격 좋다'는 말을 듣는다는 사실이다. 사람들의 반응이 긍정적인 만큼 젊은 여자의 싹싹함은 더 많은 득을 가져온다.

천성이 내성적이라 어쩔 수 없다는 여자들도 있겠지만, 사람의 성격 중 가장 변하기 쉬운 것이 바로 외향-내향성이다. 외향-내향성은 성격의 근본이 아니라 표현의 문제이기 때문에 '사람은 변하지 않는다'는 통설에 해당 사항이 없다. 한마디로 용기를 내고 생각하는 것을 실천하면 얼마든지 싹싹해질 수 있다는 이야기다.

일만 잘하면 되는 전문직에서조차 싹싹함이 있어야 성공의 기회를 얻는 경우를 자주 본다. 단적인 예를 들자면, 글 쓰는 사람조차 골방에 틀어박혀 습작을 하며 신춘문예를 꿈꾸는 사람보다 출판인들과 술을 잘 마시는 사람이 작가로 데뷔할 확률이 더 높은 게 현실

좋은 팔자로 살려는 20대라면 '열심히' 산다는 의미를 스스로 명확히 해야 한다. 열심히
사는 삶이란 손을 혹사시키는 게 아니라 발로 뛰는 거다.

이다. 물론 데뷔 이후야 실력이 변수겠지만 말이다. 하물며 인간관계 게임이나 마찬가지인 사회생활에서야 더 말할 나위도 없다.

무지무지 싹싹한 여자들은 사막에 던져놓아도 살아날 수 있는 여자들이다. 물론 성공을 하려면 실력이 있어야 하지만 거기에 싹싹함도 실력의 대단한 일부라는 것을 잊어서는 안 된다. 무시당하더라도 손해날 것 없다는 생각으로 웃으며 세상의 문을 두드려보라. 세상은 그렇게 문을 두드리는 자의 것이다.

고급한 취향을
가져라

값싼 물건이라도 비싼 취향으로 골라라

항상 무언가를 사들이는데도 주변에 변변한 물건 하나 없는 여자들이 있다. 그런가 하면 스카프 하나를 목에 둘러도 어떻게 저렇게 매번 잘 어울리는 것을 고를까 싶은 여자들도 있다. 그녀들의 차이점은 지갑의 두께나 몸매에 있는 것이 아니다. 문제는 '취향'이다.

좋은 물건을 고르는 여자들은 자신만의 취향을 잘 알고 있다. 그리고 그 취향에 부합하는 물건을 발견하지 못하면 결코 지갑을 열지 않는다. 그런 여자들의 특징은 물건이 싸다고 해서 자신에게 어울리지 않는 것을 사들이는 법이 없다는 것이다. 그녀들에게는 '쇼핑

할 때 100퍼센트 마음에 드는 것만 산다'는 원칙이 있다.

옷의 경우 90퍼센트 만족하는 것을 사면 그 모자란 10퍼센트 때문에 머지않아 그 옷은 옷장 속에 처박히고 만다. 그래서 가격이나 유명 브랜드에 혹해서 10퍼센트 부족한 물건을 사는 습관이 있는 여자에게는 자기 마음에 안 드는 물건만 넘쳐난다. 그건 금전적인 낭비일 뿐 아니라 본인의 취향을 계발하는 데도 방해가 되는 악습관이다.

고급한 취향이란 명품이 아니면 쳐다보지도 않는 허영심이 아니다. 주인에게 어울려 빛을 발하는 물건의 가치를 알아볼 수 있는 능력이다. 그런 취향을 기르기 위해서는 먼저 물건이라는 것에 관심을 가져야 한다. 백화점에서 윈도쇼핑을 하거나 패션 잡지를 보는 것은 결코 한심한 일이 아니다.

물건을 고르는 안목은 곧 인생을 보는 안목이다

안목을 업그레이드 하는 것은 단지 다른 사람에게 감각적으로 보이기 위함이 아니다. 물건을 고르는 취향은 삶을 꾸려가는 모습과 무관하지 않기 때문이다. 물건을 대충 사는 사람은 일도 대충 하고, 사람도 대충 만난다. 뭐든 대충 하는 인생에는 성공도, 미래도 없다.

가격 때문에, 또는 원하는 물건을 찾아 돌아다닐 시간이 없다는 핑계로 아무런 취향도 없이 물건을 사들이는 사람은 인생도 비슷한 방식으로 해결해 간다. 어쩌다 보니 취업이 되어서 적성에도 안 맞는 직장에 대충 다니고, 특별히 좋은 사람을 만나지 못했기 때문에 마음에 차지도 않는 사람과 사귀다가 떠밀려 결혼을 하는 여자들이 있다. 그녀들이 가진 물건들을 보라. 아무런 취향도, 일관성도 발견할 수 없을 것이다.

어쩌면 당신은 고급한 취향을 기르는 데 연습이 필요하다는 말을 의심할 수도 있다. 돈만 있으면 누구나 고급 취향일 수 있다고 여기는 사람들이 꽤 많기 때문이다. 그러나 어느 날 로또에 당첨된다고 해서 싸구려 취향이 하루아침에 귀족 취향으로 탈바꿈하는 것은 아니다. 유럽의 거리에서 명품 매장을 싹쓸이하고 나오는 신흥국 졸부들이 걸친 명품 가방을 보면, 취향이 돈으로 사지는 게 아니라는 사실을 절감하게 된다.

문제는 취향을 잘 계발했느냐 그렇지 못했느냐이다.

L은 멋진 사람이다. 그런데 가만히 관찰해 보면 옷을 근사하게 입어서 더 멋져 보이는 것이다. 그녀는 알고 보니 입고 걸친 것이 사람의 이미지를 잡아먹는 게 아니라 돋보이게 할 줄 아는 사람이었다. 그녀는 물건 고르는 안목이 남달라서 값비싼 것도, 저렴한 것도 어느 것 하나 엉뚱하다 싶은 것이 없었다.

하루는 그녀의 집에 초대받아 놀러갔다가 의외의 면을 발견했다. 손님들에게 내놓은 컵이 모두 이런저런 업체들 로고가 찍혀 있는 증정용이었기 때문이다. 자기 취향이 아닌 물건은 건드리지도 않을 것 같은 그녀가 공짜 컵만 집에 두는 게 신기했던 나는 그녀의 설명을 듣고서야 이해할 수 있었다.

"컵뿐 아니라 다른 식기들도 전부 선물 받은 거야. 식기는 아직 내 영역이 아니거든. 화려한 영국식 식기, 깔끔한 프랑스식 식기, 소박한 분청사기…… 어떤 게 좋은지 모르겠어서 섣불리 사들이기가 싫어. 마음에 드는지 아닌지도 모르는 물건에 돈 쓰기 싫어서 당분간 공짜 컵만 쓰기로 했는데 그게 좀 길어지고 있네."

나는 그녀가 항상 그녀다운 물건만 소유하고 있는 이유를 그제야 알 수 있었다.

그녀는 자신의 취향이 아닌 물건은 아무리 싸도 어설프게 들이지 않는 사람이었다. 취향이 정해지지 않은 물건은 아예 사지도 않을 만큼 단호하기도 했다. 재미있는 것은 그녀는 인생도 그렇게 산다는 것이었다. 자기가 살고 싶은 대로 살면서 그에 대한 대가는 기쁘게 치르고, 쉽게 손에 넣을 수 있지만 자신에게 어울리지 않는 것들은 고민 끝에 걷어낸다. 나는 그녀가 "나 이만하면 꽤 잘살고 있는 것 같아"라고 말할 수 있는 이유가 그녀의 고급한 취향이라고 꽤 단호하게 말할 수 있다.

고급한 취향은 오랜 시간 많은 노력의 결과로 얻어지는 것이다. 물건을 고르면서 자신의 취향을 알아내는 것은 자신이라는 사람을 알아내는 과정과 무관하지 않다. 그러므로 인생에서 좋은 선택을 하는 연습으로 물건을 고르자. 그렇게 내게 가장 어울리는 것, 나를 가장 돋보이게 하는 것을 알고 탐할 줄 아는 고급한 취향을 기르자.

언제까지 나라는 사람의 본질과 관계없이 그저 손만 뻗으면 가질 수 있는 만만한 것들에만 만족하는 삶을 살 것인가.

누군가의 형편이 취향을 결정하는 것이 아니라 취향이 형편을 결정한다 해도 과언이 아니다. 지금보다 나은 삶을 살고 싶다면 먼저 고급한 취향을 길러라. 고급한 취향을 가진다는 것은 곧 당신이 원하는 종류의 삶의 일부를 미리 사는 것이다.

그럴듯해 보이려고
노력하면
그럴듯해진다

남들 할 줄 아는 건 다 섭렵하라

누가 뭐래도 사람은 결국 보여지는 대로 살아가게 마련이다. 우리나라 사람들이 겉치레를 중시한다고 불평만 하지 말고 자신도 근사하게 보일 궁리를 하라. 분수에 넘치면 사기고 허영이지만, 꾸준한 자기 관리에 의한 것이라면 훌륭한 삶의 전략이다.

스포츠나 악기 한두 가지씩은 '좀 한다'고 말할 수 있을 정도로 배워두는 것도 젊은 날 스스로의 가치를 높이는 방법 중 하나다.

예전에는 회식 2차로 간 나이트클럽에서 춤을 잘 추면 '공부는 안 하고 춤만 추고 다녔나' 하는 눈으로 쳐다봤지만 이젠 '능력 있다'는 소리를 듣는다. 하나 잘하는 사람이 열 가지 다 잘하는 세상이 되었기 때문이다.

무엇보다 할 줄 아는 게 많은 사람은 누구와도 유연하게 대화하고 어울릴 수 있기 때문에 다양한 계층의 사람과 어울릴 수 있다. 골프를 칠 줄 아는 사람이 '골프를 칠 만한' 사람을 가까이할 기회가 많다는 사실을 어느 누가 부인하겠는가. 할 줄 아는 게 많은 사람에게는 그래서 더 여러 종류의 사람을 만날 기회가 주어지게 되고, 그러다 보면 더욱 폭넓은 세상을 경험할 수 있다.

어쩌다 보니, 우리는 그 사람이 할 줄 아는 것이 그 사람이 얼마나 누리고 살았는가에 대한 척도가 되는 세상을 살고 있다. 그래서 20대가 되어 부모님에게 의지하지 않고도 무언가를 배울 수 있는 당신은 더더욱 무언가를 할 수 있는 사람이 되어야 한다. 운전, 스포츠, 각종 취미 등 남들 할 줄 아는 것에 너무 어두운 사람들은 사회에 나와 인생이 매끄럽게 살아지지 않는다는 것을 느끼게 된다.

지금 살고 있는 삶이 매끄럽지 않다면 앞으로의 인생도 마찬가지일 것이다. 삶에 거치적거리는 것이 없도록 필요한 것은 적극적으로 배워두어야 한다. 하나씩 섭렵을 해나가는 과정은 또한 정복욕을 채워주기 때문에 자신감을 키우고 생활에 활력을 준다.

바빠서 못하겠다고 하는 것은 핑계에 불과하다. 시간이라는 것은 내면 나게 마련이다. 지금이 바쁜 것 같지만 나이가 들수록 점점 더 바빠지고 뭔가를 배울 수 있는 감각도 둔해진다. 시간이 핑계라면 영원히 아무것도 배울 수 없다.

어쩌면 당신은 인생이 피곤한데 뭘 배우라고 하냐고, 그냥 생긴 대로 살게 내버려두라고 말할 수도 있다. 그냥 숨 쉬고 살기에도 피곤한 세상이기 때문이다. 물론 집에 가만히 앉아 여가를 TV와 인터넷으로 보내는 것도 나쁘지는 않다. 그런 시간도 분명 필요하다. 그러나 20대는 그렇게만 살아서는 안 되는 나이다. 무엇이건 결국 양으로 승부를 보아야 하는 시기를 방 안에서만 보내는 것은 아깝다.

아직 에너지와 새로운 것을 배울 수 있는 건강한 뇌를 가진 20대에 많은 것을 흡수하고 당신 것을 만들라. 그런 노력들은 비록 중간에 포기해 어떤 경지에 이르지는 못할지라도 훗날 결코 후회를 안겨 주지는 않을 것이다.

간판도 실속이다

아직도 '간판보다는 실속을 중시하는 풍토에서 벗어나 소신 있게 사는 훌륭한 젊은이들……'이라고 서두를 들이미는 문구에 고개를 끄덕이는가. 그렇다면 당신은 아직 세상 풍파에 시달려본 적이 없는 사람이다. 실속을 중요시한다는 말은 결국 간판 있는 사람 중에서 실속 있는 사람을 가려 뽑는다는 말과 다르지 않기 때문이다. 그게 학벌이든 직장이든 간에 간판과 실속은 별개의 것이 아니다. 간판은 어디 그냥 얻어지는 것인가. 오랜 시간 정성을 쏟아붓고 노력해야 내걸 수 있는 것이다.

애초 대학에 뜻이 없어 고교 졸업 후 취직을 했으나 뒤늦게 마음이 바뀌어 대학에 진학한 사람들을 너무나 많이 보게 된다. 어떤 여자들은 순전히 결혼을 잘하기 위한 목적으로 대학 졸업장을 따기도 한다. 그런 여자들을 '허영에 찬 간판의 노예'라고 감히 비난할 수 있을까. 10년 후 간판으로라도 대학 졸업장을 얻은 여자와 그렇지 않은 여자와의 간극이 얼마나 될지 생각해 본다면 남의 일이라고 함부로 말할 수만은 없을 것이다.

간판을 관리하는 것은 비단 졸업장을 따는 것만이 아니다. 남에게 자신을 소개할 때 자신 있게 말할 수 있는 뭔가가 있어야 한다. 명문대 졸업장은 미모 못지않은 후광효과가 있지만 누구나 노력한다고 얻을 수 있는 것이 아니다. 그러므로 '내가 내걸 수 있는 것이 무엇이 있을까'를 연구해야 한다. 여기서 '간판'의 다른 이름은 '남보기 그럴 듯한 커리어'다.

대학원에 진학하거나 자격증을 따면 그 분야의 전문가라는 간판이 생기는 것이고, 어떤 분야에서 이름깨나 날리는 기업에 임시직으로라도 적을 두고 일한다면 그것 역시 간판이 생기는 것이다. 전문직에서 일하는 사람들이 팔리든 안 팔리든 책을 내려고 애쓰는 것도 그것이 간판이 되기 때문이다.

지난해 연봉을 올려 회사를 옮긴 O는 해마다 적자가 누적되는 부실한 대기업 계열사에 다니고 있었다. 회사 내부의 아는 사람만이 아는 이름뿐인 대기업의 실체에 진저리가 난 그녀는 어떻게 하면 다른 곳으로 옮길 수 있을까 전전긍긍했지만, 그 회사에서 일한 경험이 그리 좋은 경력은 되지 않을 거라고 생각했기에 자신이 없었다. 그러나 다행스럽게도 그녀는 무난히 이직에 성공했다.

그저 운이 좋았거나 자신의 어떤 장점이 긍정적으로 작용했을 거라고만 생각했던 O는 나중에야 자신의 이전 직장 간판이 인사 담당자에게 좋은 인상을 주었다는 것을 알게 되었다. 같은 업계라 그 회사의 내부 사정을 대략이라도 알고 있었을 텐데, 그런 사람들의 선택조차 움직일 만큼 '간판'이 대단하다는 사실을 O는 처음으로 깨달았다고 했다.

요즘 같은 세상에 기회가 흔하겠냐고 자포자기하기 쉽지만, 뜻이 있는 곳에 길이 있다는 말은 항상 들어맞아서 지속적으로 극성을 떨다 보면 기회가 생긴다.

여기저기 촉수를 뻗치고 정보를 수집하다 보면 어느 순간 기대하지도 않던 '귀인'이 나타나서 "마침 내가 일하는 곳에서 자리가 하나 비는데, 너 지원해 보지 않을래?" 하는 말을 듣는 기적도 심심치 않게 일어난다.

남 보기에 그럴듯한 외적 조건을 갖춘 사람들은 그마저도 갖추지 못한 사람들보다는 성공에 다가가기 쉽다. 바로 자신감 때문이다. 그

럴듯한 외형으로 부분적으로라도 인정을 받으면 자신감을 붙잡기
가 수월하기 때문이다.

사람들에게는 자신을 그럴듯하게 포장해 놓고, 실제로 자신이 대
단한 사람이라고 스스로를 속이는 일도 때로 필요하다.

20대는 꿈꾸는 나이가 아니라 방향을 정하는 나이다

무엇보다 20대에 인생을 즐기는 법을 연습해 놓지 않으면 평생 그 방법을 모르게 된다. 나이가 들수록 일보다는 휴식 시간이 많아지는데, 그 시간을 활용할 줄 모르면 사는 게 얼마나 무료하겠는가.

드라마에서
벗어나라

여자를 지배하는 드라마

　　나이를 먹고 어느 정도 통찰력이 생기면 왜 TV를 바보상 자라고 하는지 깨닫게 된다. 전에는 단순히 TV를 많이 보면 시간을 빼앗기고 공부나 독서와 멀어지기 때문에 나온 말이라고 생각했다. 그러나 TV는 시간 낭비보다도 더 큰 해악을 끼친다. '불행을 선택하 게 만드는 가치관'을 심어주는 것이다. 그것은 TV 프로그램이 모든 사람이 볼 수 있게 만들어지기 때문이다.

　세상에는 늘 행복을 느끼고, 부유하고, 성공한 사람이 그렇지 않 은 사람들보다 훨씬 적다. 자신의 인생을 성공적으로 이끈 그들의 인생관은 분명히 늘 불행을 느끼고, 가난하고, 아무런 성취도 없는 사람과는 다르다. 그런데 소수인 그들의 가치관은 시청자 다수를 차지하는 사람들의 환영을 받지 못한다. 공감대가 없기 때문이다. 어쩔 수 없이 TV는 시청자를 하향평준화해 수준을 맞출 수밖에 없다. 그래야 양쪽 모두를 껴안을 수 있기 때문이다.

문제는 여자들이 TV 프로그램 중에서도 가치관을 일방적으로 주입 당하기 가장 쉬운 드라마를 너무 좋아한다는 것이다. 한국에서의 드라마는 드라마 종류에 따라 내용과 가치관이 정해진 틀이 있다. 거기서 벗어나지 않는 것이 드라마의 룰이며 미덕이다. '여자는 적당한 남자 만나 시집 가서 잘사는 게 최고'라고 믿는 우리 어머니 세대들이 고개 끄덕이며 받아들이는 가치관이 약간의 변형 과정만을 거쳐 끊임없이 재생산되고 있는 것이 드라마다. 그래서 드라마에서는 아무리 진보적인 여성이 등장해도 결국은 전통적 가치관에 함락되고 만다.

젊은 여자들은 안타깝게도 자신도 의식하지 못하는 사이 먼저 이 드라마를 통해 세상을 학습한다. 그러니 막상 세상에 던져졌을 때, 왜 자신이 알던 것과 실제가 이렇게 다른지 영문도 모른 채 계속 잘못된 선택을 하게 되는 것이다.

인생을 나름대로 잘 운영해 나가는 여자들 중 TV, 특히 드라마를 잘 보지 않는 여자들이 많은 것은 우연이 아니다. 여자들이 잘살기 위해서는 드라마를 보지 말든지, 드라마 안의 가치관을 초월하든지 둘 중 하나여야 한다. 드라마 안에는 내 인생이 없는 것이 분명하기 때문이다.

여주인공들은 꼭 헤어진 남자의 아이를 낳는다?

드라마 안에서는 갈등을 만들기 위해 강도가 높은 설정들을 의도적으로 배치한다. '말도 안 돼!'라는 말이 나올 만한 설정을 말이 되도록 설득하기 위해 복잡한 장치를 만드는 과정이 바로 드라마의 내용이 된다. 그래서 드라마에서는 페미니스트에 가깝던 여자가 헤어진 애인의 아이를 낳아서 10년 후 재회를 하기도 하고, 온 마음을 다해 사랑하는 사람이 알고 보니 동생을 죽인 원수이기도 한 것이다. 그렇다고 드라마 작가의 불온한 정서를 탓할 일이 아니라, 원래 드라마가 그런 것이다.

문제는 그걸 보고 드라마에서 전개되는 가치관에 동화되는 사람들이다. 한 예로 드라마에서는 가난한 사람에게 갑자기 큰돈이 생기면 꼭 화가 따른다. 돈 때문에 마음씨 좋던 사람이 돌변해서 거들먹거리다가 제풀에 다시 망해 '가난하지만 따뜻했던' 일상으로 되돌아오는 것이 정해진 결말이다. 이런 드라마를 본 사람들은 '역시 송충이는 솔잎을 먹어야 한다'며 부자가 되겠다는 생각조차 포기한다. 진실이 꼭 그렇지만은 않은데도 말이다.

또 드라마 속의 여자들은 조건을 보고 결혼한 뒤에 반드시 불행해진다. 조건이 좋은 남자와의 결혼이 해피엔딩이 되려면 다른 한 가지 조건이 꼭 따른다. 여자는 남자의 좋은 조건을 전혀 몰랐거나 관심이 없어야 한다는 것이다. 이런 장면들을 반복적으로 접하다 보면 여자들은 배우자를 적극적으로 '고르는 것' 자체에 죄의식을 느끼게 된다. 물론 조건 나쁜 남자와 결혼하고 싶을 리야 없겠지만, 착한 마음을 품고 있으면 저절로 조건 좋은 남자가 나타날 것이라는 착각에 빠지게 된다. 드라마의 여주인공이 그랬듯이 말이다.

한국의 미혼 여성들이 결혼을 가장 망설이는 이유 중 하나는 바로 시어머니다. 우리나라 드라마 열의 아홉은 꼭 결혼을 반대하는 남자의 어머니가 나오고, 그중 상당수는 주인공의 악랄한 시어머니가 된다. 그 시어머니의 행태가 어찌나 사납고 무서운지, 미혼 여자들은 그만 결혼을 포기하고 싶어질 지경이다.

그런데 드라마에서는 나쁜 시어머니에 대한 혐오감만 드러날 뿐, 부당한 가족제도에 대한 회의가 없다. 시청자들은 나쁜 시어머니에게 당하기만 하고 제대로 대들지도 못하는 주인공의 편이 되지만, 시어머니라는 한 중년 여인의 악행을 용인하는 고루한 가치관은 지나치고 만다. 그걸 보는 여자들은 '참고 견디는 것이 여자의 미덕'이라는 그릇된 가치관을 무의식적으로 받아들이게 된다.

뭐니 뭐니 해도 드라마의 가장 큰 폐단은 사랑이 세상의 전부라고 생각하게 만든다는 것이다. 모든 드라마의 주인공들은 희생을 통해 어렵게 사랑의 결실을 맺는다. 사랑 없는 인생이 무의미한 것은 사실이지만, 드라마는 에로스적인 사랑만이 사랑의 전부며 그 사랑을 위해 모든 것을 내던지라고 속삭인다. 드라마를 보고 실제로 그런 미련한 사랑을 할 사람은 없을 줄 안다. 그러나 여자들의 머릿속에는 '사랑이 인생의 전부'라는 메시지가 각인된다. 그것은 사랑 때문에 자기 삶을 포기하지도 못하면서 실속 있게 자기 삶을 꾸리지도 못하는 어정쩡한 태도를 낳는다.

이외에도 보는 이들에게 경직된 사고를 심어주는 드라마의 전형들은 얼마든지 많다.

드라마에 비쳐지는 삶의 모습들은 진실의 아주 작은 일부분일 뿐이다. 세상의 더 많은 진실을 접하기 전에 드라마의 반쪽짜리 진실을 먼저 접하는 건 위험한 일이다. 정말 잘사는 똑똑한 여자가 되어 원하는 삶을 살길 바란다면 다른 보통의 여자들처럼 온갖 드라마를 다 챙겨 보는 일은 삼가야 할 것이다.

똑똑한 여자들은 TV 드라마를 통해 삶을 바라보는 것이 아니라 자기의 삶 안에서 드라마를 만들어낸다.

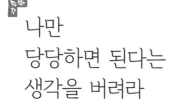

나만
당당하면 된다는
생각을 버려라

다른 사람이 인정해 주는 성공이 진짜 성공이다

TV의 어느 여행 프로그램에서 지방의 소문난 맛집을 찾아가는 장면이 있었다. 그 맛집은 생선으로 육수를 낸 칼국수로 유명한 식당이었다. 리포터는 비린 생선으로 담백한 육수를 내는 주인 할머니의 신기에 가까운 솜씨에 감탄하며 물었다.

"할머니, 할머니는 정말 성공하셨네요. 할머니는 무엇이 성공이라고 생각하세요?"

칠순의 할머니는 연출의 흔적이 보이지 않는 미소를 지으며 망설임 없이 대답했다.

"성공은 남이 알아줘야 하는 것이야. 아무도 알아주지 않는데 나만 성공했다고 생각하면 그건 진짜 성공이 아니지."

오랜 세월 수많은 시행착오를 거쳐 성취와 부를 거머쥔 장인의 경험에서 우러나온 말은 많은 생각을 하게 했다.

그동안 기성세대의 '남을 의식하는' 불편한 삶의 강요는 젊은이들에게 염증을 느끼게 했다. 그들의 사고방식에는 분명 비합리적이고 부당한 요소가 많다. 그러나 그런 가치관에 대한 반작용으로 '내 삶은 나만 당당하면 되는 것 아닌가!'라고 외치며 아무도 인정해 주지 않는 자신의 삶을 자위하고 안주하는 것은 위험한 짓이다.

20대 여자들이 버릇처럼 말하는 '당당함'은 위태로워 보이는 경우가 많다. 사랑해선 안 될 사람을 사랑하는 치정을 당당함이라는 말로 미화시키는가 하면, 쓸데없는 자존심을 세우느라 실속 있는 거래를 놓쳐버리고도 당당했노라고 말한다. 때로는 그날 끝내야 할 일도 마치지 않고 정시에 퇴근하는 뻔뻔함이 당당함으로 둔갑하기도 한다.

성공한 삶을 사는 여자들은 '당당하다'라는 말을 거의 쓰지 않는다. 비리를 저지른 정치인들이 '나는 떳떳하다'는 말을 더 많이 하듯, 마음 한구석이 석연치 않은 선택을 하는 여자들이 그 선택을 정당화하려고 당당하다는 말을 더 자주 하는 것이다. 정말 당당한 여자들은 말이 아닌 노력과 행동으로 자신의 당당함을 증명한다.

먼저 다른 사람이 인정해 주는 성취를 이루고 나서야 자기 마음대로 살 수 있는 자유도 가치 있어진다. 처음부터 나만 만족하면 된다는 마음가짐으로 인생을 출발하면 나도 남도 인정할 수 없는 삶을 살게 된다.

자존심은 가장 나중에 챙겨라

당당함을 오용하는 젊은 여자들은 '자존심'이라는 말 또한 많이 쓴다. 언제나 실속보다는 자존심이 우선한다. '막내 사원'으로서 감당해야 하는 미천한 뒤치다꺼리에 자존심이 상해 좋은 기회가 될 뻔한 프로젝트를 망치기도 하며, 사소한 다툼으로 자존심이 상해 좋은 남자를 놓치고 후회하는 여자들도 많다.

젊은 여자들은 여자를 여자답게 만드는 것이 자존심이라 생각하지만 실은 그렇지 않다. '여자'와 '아줌마'를 가르는 기준은 자존심이 아니라 '부끄러움'이다. 간혹 길거리에서 쌈닭처럼 언성을 높이며 지나가는 사람들을 구경꾼으로 불러 모으는 여자들이 있는데, 그러는 이유가 '자신의 자존심을 건드려서'인 경우가 많다. 스스로를 온 동네 구경거리로 만들면서 자존심을 운운하는 것을 어떻게 받아들여야 할까.

자신을 정말 소중히 여길 줄 안다면, 자존심을 접어두고 자신에게 가장 이익이 되는 선택을 할 줄 알아야 한다. 자신의 양심에 비추어 부끄러운 일만 아니라면 정말 자존심에 상처를 받는 일은 없을 것이다.

일을 배우기 위해서라면 비난을 겁내지 말고 사수의 냉정한 평가를 받아들이며, 현장 직원들의 음료수 심부름도 기쁘게 할 줄 알아야 한다.

정말 좋은 사람을 곁에 두기 위해서라면 자존심은 접어두고 먼저 곁을 트는 것이 순서다. 상대 마음이 나 같지 않다고 해서 멀리하기보다는 먼저 진심을 보이고, 오해가 있으면 먼저 사과를 하자.

세상에는 자존심보다 소중한 게 너무나 많다는 것을 20대에는 잘 모른다.

인생은
한 방이다?

내 노력이 먼지처럼 느껴질 때

시나리오 작가를 목표로 하는 K는 몇 년째 습작을 하며 꿈을 키우고 있었다. 대학 시절 본 영화 한 편이 그녀의 인생을 바꿔 놓았다. 그녀는 인터넷을 통해 같은 꿈을 가진 친구들을 모아 스터디 그룹을 만들었고, 그들과 서로의 작품을 비평하며 공부를 하고 있었다. 이제 실력이 늘 만큼 늘었다고 자평한 그녀는 작년부터 온갖 공모전에 작품을 보내왔다. 하지만 모든 공모전에서 탈락하고 조금 낙심하고 있던 차였다. 그런데 어느 날, 스터디 그룹의 친구 하나가 앞으로 더 이상 모임에 참여를 못하겠다고 연락을 해 왔다.

"아는 친구가 자기 형의 친구라면서 영화 감독님을 소개해 줬어.

그런데 그분이 내 시놉시스를 보시더니 같이 일을 하자는 거야. 당장 작업에 들어가야 해서 앞으로 같이 공부하는 건 힘들 것 같아. 그동안 고마웠어."

K는 적잖이 충격을 받았다. 그녀 생각에 그 친구는 예비 작가로서 자신보다 한참 실력이 떨어지는 사람이었기 때문이다. 하지만 더 큰 충격은 2년여 후에 받게 되었다. 그 영화가 실제로 제작되었고 흥행 성적도 나쁘지 않았던 것이다. 그녀는 그동안 생활고를 견디지 못해서 꿈을 포기하고 취업을 해서 살고 있는데 친구는 단 한 번의 인연으로 단숨에 시나리오 작가로 입봉을 하게 된 것이었다. K는 아직도 지인들을 만나기만 하면 한숨을 쉬며 이런 말을 한다.

"꾸준한 노력, 실력, 인생은 한 방이야!"

우리는 살면서 K와 같은 상황을 적지 않게 겪는다. 때로는 노력을 하는 게 아니라 운을 틔어주는 부적이라도 사서 붙이는 게 목적을 이루는 데 더 현실적인 방법이 아닌가 하는 생각이 들기까지 한다. 우리 인생을 한 단계 끌어올리는 인생의 비밀이 정말 '한 방'을 터트려주는 행운일까?

인내를 모르면 성취도 없다

'열심히 하면 안 되는 게 없다', '인내하면 성공한다'는 구

똑똑한 여자들은 TV 드라마를 통해 삶을 바라보는 것이 아니라 자기의 삶 안에서 드라마를 만들어낸다.

호로 누구나 성공할 수 있다며 독려하는 사람들을 많이 만나게 된다. 로또든 영화 흥행이든 '한 번만' 터져주면 끝나는 세상에 케케묵은 말처럼 들리는 것은 당연하다. 게다가 인내는 그렇게 말처럼 쉬운 것도 아니기 때문이다.

인내하는 것, 열심히 하는 것도 능력이다. 아무나 할 수 있는 게 아니라서 '누구나 할 수 있다'는 말이 별 의미가 없다. 그러나 어떤 방식으로든 자기가 원하는 삶의 꼴을 이루어내기 위해서 인내는 반드시 필요한 것이기 때문에 애초 뭔가를 참지 못하는 성격을 타고난 사람이라고 해도 '인내하는 능력'을 길러야 한다.

인내, 곧 '참는다'는 것에는 두 가지 의미가 있다. 즉 '견디는 것'과 '계속하는 것'이다.

전자는 자신에게 가해지는 고통을 수동적으로 받아들이는 것을 의미한다. 누군가 내게 모욕을 줄 때 한 대 때리고 싶은 마음을 억누르고 못 들은 척하는 것이 '견디는 것'이다. 후자는 하고 있는 일을 멈추게 하는 갖가지 장애에 굴복하지 않고 말 그대로 쉼 없이 움직이는 것이다.

여자들은 남자들에 비해서 '견디는 것'은 잘하지만 '계속하는 것'은 잘 못하는 편이다. 그러나 성공하는 사람들에게 필요한 소양은 '견디는 것'이 아니라 '계속하는 것'이다. 자신은 인내심이 뛰어난데 왜 되는 일이 없는지 알 수가 없다고 하는 여자들은 인내의 의미를 혼동하고 있을 가능성이 높다. '견디는 것'을 잘하는 것은 앞서 이야기한 불행을 찾아다니는 여자들에게 발달해 있는 능력이다. 새로운 것을 시도하는 것보다는 고통을 견디는 것이 낫다고 여기는 그녀들은 나름대로 인내의 달인들이다.

당신이 원하는 삶을 누리고 싶다면 당연히 '계속하는 것'을 잘하는 능력을 길러야 한다. 그렇다면 인내는 어떻게 해야 기를 수 있을까?

성공은 계단식으로 온다

당신은 혹시 자신이 아무것도 할 수 없다는 열패감에 시달리고 있지 않은가? 홍보 일이 좋아서 시작을 했는데 사람 대하는 기술이 영 신통치 않고, 광고 일이 좋아서 시작을 했는데 일을 할수록 크리에이티브한 구석이라곤 없다는 느낌이 들어 괴로워하지 않는가? 혹 시간이 지나도 별반 나아지지 않는 자신의 모습을 발견하고 '역시 소질이 없구나' 하며 의기소침해하고 있지는 않은가?

그러나 누군가 어떤 일을 좋아한다면 그 일에 소질이 있는 것이다. 문제는 얼마나 인내심을 가지고 노력하느냐에 달려 있다. 인내심은 조금씩 성취를 맛보면서 길러지게 되어 있다.

산업디자인을 전공한 J는 전부터 원하던 생활용품 디자이너가 되었다. 그러나 입사 후 처음으로 낸 시안이 퇴짜를 맞더니, 몇 달이

118

지나도록 상품화된 디자인이 없었다. 디자이너라는 호칭이 무색할 정도였다. 나름대로 노력해 온 J는 실의에 빠졌다.

자신의 직업에 대해 한창 고민에 빠져 있던 그녀는 친구의 성화에 못 이겨 문화센터에서 동양화 강의를 듣게 되었다. 가자마자 난을 치는 것을 배웠는데, 보기보다 어려운지 잘 되지 않았다. 강사에게 몇 번이나 지적을 받은 J는 똑같이 시작한 친구가 칭찬을 듣는 것을 보고 적잖이 충격을 받았다. 명색이 미술 전공자인 J는 자존심이 상했다.

그날 밤부터 J는 집에서 헌 신문지를 쌓아놓고 난 치는 연습을 하기 시작했다. 하지만 아무리 연습을 해도 별로 나아지는 것 같지가 않았다. 오기가 생겨 열심히 연습을 계속하던 어느 날이었다. 동양화 교실에서 지나가던 강사의 발길이 J의 화선지 옆에서 멈췄다. 강사는 그녀가 친 난을 들어 보이며 사람들에게 말했다.

"보세요, 난은 이렇게 치는 겁니다. 여기 이 선과 이 선이 완벽한 균형을 이루고 있지요? 난 치는 걸 가르치면서 이렇게 잘된 작품은 처음 보는군요."

J는 노력해서 뭔가를 이룬 성취감을 참으로 오랜만에 경험했다. 그러면서 잊고 있던 한 가지 사실을 떠올렸다. 열심히 노력하다가 어느 날 자고 일어나니 갑자기 실력이 늘어나 있는 것이 성취의 한 과정이라는 점이었다. 어려서 피아노를 배울 때도 그랬고, 수영을 배울 때도 그랬다.

그녀는 그제야 자신이 디자인에 눈을 뜨기까지 멀지 않았다는 생각을 하게 되었고, 한눈팔지 않고 노력했다. 과연 얼마 지나지 않아 그녀의 시안이 상품화되었다. 지금 그녀는 유수한 회사의 디자인 책임자다.

실력이 늘고 성취하는 과정을 그래프로 그려본다면 완만한 상향곡선이 아니라 계단 모양이 된다. 매일 노력한 만큼 조금씩 성과가 보이는 게 아니라 '어느 날 갑자기' 한 단계 성숙해 있는 자신을 발견하게 되는 것이다. 작은 성취라도 경험해 보지 못한 사람들은 이 원리를 모르기 때문에 계단의 수직 상승점 바로 앞에서 포기하고 만다.

모든 성공이 이렇게 '어느 날 갑자기' 이루어진 것처럼 보이기 때문에 잘 모르는 사람들은 '인생은 한 방'이라는 잘못된 신념을 갖게 된다. 하루아침에 주식이 올라서 재산이 불어난 투자자는 오랜 공부를 통해 주식시장의 원리와 동향을 꿰뚫은 사람이고, 영화가 흥행해 떼돈을 번 제작자는 이미 '안 되는' 영화로 재산을 탕진하며 대중문화의 감각을 온몸으로 익힌 사람이다.

운이라는 것은 분명 존재하지만 좋은 운을 잡을 수 있는 사람은 오랜 노력으로 '계단의 꼭지점' 바로 앞에 와 있는 사람이다.

'여자가 독하다'는 말을 듣기 싫은가?

엄밀히 말해서 자신이 원하는 것을 다 가지고 편안하게 살아가는 여자치고 독하지 않은 여자는 없다. 다만 독하지 않은 척할 뿐이다.

커리어우먼에 대한
환상을 버려라

직업은 인생의 전부가 아니다

대학 시절 '일'을 내 인생의 가장 큰 화두로 삼고 평생 할 일을 찾을 무렵이었다. 공무원으로 일하고 있는 한 선배가 왜 공무원이 되었느냐는 질문에 이런 대답을 했다.

"놀기 위해서. 계속 놀기만 하면 재미없잖아. 일도 해가면서 잠깐씩 놀아야 그게 진짜지."

그녀의 말에 나는 한국 공직 사회의 앞날이 걱정됨과 동시에 별 희한한 사람도 다 있구나 하는 생각이 들었다. 20대 초반의 대학생들이 흔히 갖는 꿈과 야망에 비추어보았을 때 그녀의 직업관은 한심하기 짝이 없는 것이었다.

그러나 15년이 지난 지금 돌이켜보니 그때와는 다른 생각이 든다. 그녀는 참 어린 나이에도 영특한 여자였다. 취업난으로 공무원이라는 직업의 위상이 그때와 달라졌기 때문만은 아니다. 일을 자신의 정체성과 동일시하기 쉬운 20대 중반에 그녀는 이미 일과 삶을 분리할 줄 알았다.

일을 소홀히 여기라는 말이 아니다. 일은 기꺼이 자기 시간의 대부분을 투자할 가치가 있어야 하며, 즐거워야 한다. 그리고 열심히 할 수 있는 것이어야 한다. 그러나 많은 20대들은 자신이 가진 모든 시간과 에너지를 일과 직장에 쏟아부으며 자신을 돌아보지 않는다. 그렇다고 해서 효율적이고 발전적으로 일하는 것도 아니면서 말이다. 직장을 삶의 터전으로 여긴 나머지 회사를 놀이터로 혼동하는 여자들도 꽤 있다.

일은 내 인생의 일부이며 인생을 사는 법을 배우는 학교일 따름이라고 생각하라. 그리고 일을 쉬는 저녁이나 주말에 보다 신나게 놀 수 있는 거리들을 연구하고 기대하라. 그래야 일도 즐겁고 휴식도 즐겁다. 무엇보다 20대에 인생을 즐기는 법을 연습해 놓지 않으면 평생 그 방법을 모르게 된다. 나이가 들수록 일보다는 휴식 시간이 많아지는데, 그 시간을 활용할 줄 모르면 사는 게 얼마나 무료하겠는가. 일이 없을 때 금단 증상을 보이는 사람이야말로 인생을 헛산 사람이다.

서른이 되면 인생이 끝난다고 생각하지 말라

대학 신입생들은 3, 4학년 선배들을 보며 '좋은 시절 다 갔다'라고 생각한다. 사회 초년생들은 서른을 코앞에 둔 선배들을 이렇게 생각한다. '저 나이가 되면 무슨 재미로 사나?'

20대들은 진짜 인생은 20대 때뿐이라고 생각한다. 영화나 드라마에 등장하는 '그림이 되는 사랑'도 죄다 20대의 사랑이고, 일하는 모습이 가장 '폼 나는' 것도 20대이기 때문이다.

20대들은 서른이 넘은 아줌마 아저씨들의 인생을 그냥 덤으로 붙은 한물간 인생이라고 생각한다. 그때가 되면 20대에 이루어놓은 것들을 꼬치처럼 빼먹으며 살아야 하기 때문에 20대가 가기 전에 모든 것을 해둬야 한다는 부담감도 있다. 그래서 20대들은 서른이라는 나이가 다가올수록 조급해진다. 서른이 되기 전에는 직장에서 완전히 자리를 잡고 출세가도를 달리고 있어야 정상인 것만 같은데 자신은 아직 얼뜬 말단 직원에 불과하니 말이다.

20대들의 모든 실수는 바로 이 조급함에서 비롯된다. 20대의 청초한 얼굴로 '실장님' 소리를 들으며 광고 속 모델처럼 일하는 커리어 우먼의 그림을 머릿속에서 지워라. 현실을 말하자면 서른이 될 때까지 자기가 무슨 일을 하겠다는 방향만 제대로 잡아도 그 나이에 이루어야 할 것을 다 이룬 셈이다.

뭔가 대단한 것을 이루어놓아야 한다는 강박관념으로 우왕좌왕

하다가 서른을 넘기고서도 자기가 무슨 일을 잘할 수 있는지 끝내 알아내지 못하고 직장생활을 결혼으로 마감해 버리는 여자들을 수없이 보아왔다.

자신이 무슨 일을 하고 싶은지 알고 있다면 서른이 넘어서도, 결혼을 하고서도 얼마든지 시작할 수 있다. 일을 못하게 만드는 건 환경이 아니라 확신이 없기 때문이다. 좋아하는 일을 하고 있는 30대 가운데 대학 졸업 직후에 하던 일을 계속 유지하고 있는 사람을 찾아보기가 힘든 것도 같은 이유다.

20대인 당신은 게으르게 인생을 낭비해서도 안 되지만, 더 여유 있는 시선을 가질 필요가 있다. 20대는 뭔가를 이루어내는 시기가 아니라 30대 이후에 뭔가를 이루어내기 위한 소양을 쌓는 시기다. 아무리 뛰어난 능력을 가진 사람이라 해도 시간과 경험이 주는 가르침을 겸허하게 받아들이지 않으면 그 능력으로 이뤄낸 성취를 유지할 수가 없다. 그런 면에서 20대에 일찌감치 이룩한 성취는 오히려 인생의 걸림돌이 될 수도 있겠다.

지금 자신의 모습이 그럴듯하지 않다고 해서, 또 빠른 시간 안에 그럴듯해질 가능성이 희박하다고 해서 낙심하지 말자. 커리어우먼의 진짜 그림은 미니 스커트로 된 수트를 입은 앳된 얼굴의 주인공이 아니라 주름진 얼굴에 두툼한 뱃살을 출렁거리며 뛰어다니는 것이다.

목표가
사람을 만든다

목표 없이는 행복도 없다

우리는 어려서부터 사람은 행복해지기 위해 산다고 생각해 왔다. 그러나 그간 이루어진 수많은 뇌과학 연구에 의하면 뇌는 인간이 생존을 위한 행동을 할 때마다 그 보상으로 행복의 감정을 느끼게 해준다.

새로운 목표를 향해 새로운 도전을 하는 것은 종(種)의 보존을 위해 유리한 행동이다. 그래서 새로운 목표를 향해 나아갈 때, 또 그 목표를 이룰 때 우리는 행복감을 느끼는 것이다. 아무것도 부족할 게 없어서 아무것에도 도전할 필요가 없고, 그 어떤 노력을 할 필요가 없는 상태는 사실 행복과는 거리가 먼 것이다. 우리는 인간

답게 살기 위해서, 더 질이 높은 삶을 살기 위해서 늘 목표를 필요로 한다.

20대의 도전은 특히 더 아름답다

세상을 가장 어리석게 사는 사람은 웅덩이에 고인 물처럼 정체된 삶을 사는 사람들이다. 그들은 좀 더 나은 내일을 살고 싶다는 의지보다는 지금 가진 것만 지키면서 살겠다는 관성이 더 강한 사람들이다. 그러나 제자리에 머물려고 하면 할수록 그 자리를 보전하기조차 힘든 게 인생이다. 앞으로 나아가려고 애를 써야만 뒤떨어지지 않고 현재 삶의 위치라도 지킬 수 있는 것이다.

하지만 단지 살아남기 위해서 변화를 도모하고 더듬이를 곤추세우는 것은 너무 삭막하고, 또 그럴 필요도 없다. 뭔가 목표를 정하고 도전하는 것은 그 자체로도 즐거운 일이니 말이다. 도전과 성취라는 것이 대단한 능력이 있는 사람들만의 전유물이라고 여겨질 수도 있다. 그러나 목표가 꼭 거창해야만 하는 것은 아니다. 예를 들면 3년 안에 자막 없는 외화를 불편 없이 감상할 수 있게 한다는 목표를 두고 영어 공부를 할 수도 있다. 3년 열심히 공부하면 그걸 못하랴 싶겠지만, 지금 당장 시작하지 않으면 3년이 아니라 평생이 걸려도 못할 일이다. 목표를 갖게 되면 자신이 하는 일이 즐거워진다. 어느 날부터인가 외국인들의 대화가 자연스럽게 귀에 들어오기 시작했음을 깨달았을 때의 성취감이란 말로 표현할 수가 없을 것이다. 그 성취의 기억은 두고두고 삶의 자양분이 된다.

그래서 똑똑한 여자들은 늘 목표를 세우고 매일매일 그것을 음미하고 다짐한다. 10년 후, 3년 후, 1년 후에 각각 달성해야 할 도전 과제가 그녀들에게는 있다.

3년 안에 3천만 원 모으기, 내년 여름에 유럽 여행 가기, 1년 동안 책 2백 권 읽기 등 도전 과제가 무엇이든 좋다. 다만 기간과 내용이 명확해야 한다. 우선 열심히만 하면 비슷하게라도 이뤄낼 수 있는 목표를 잡고 성취를 맛보라. 일단 맛보면 중독된다.

성취의 맛을 아는 여자들은 인생이 무의미하다거나 지루하다는 생각을 할 틈이 없다. 아침에 눈을 뜨면 '오늘은 또 어떤 신나는 하루가 펼쳐질까' 하는 기대로 가슴이 설렌다. 사람은 죽을 때까지 끊임없이 목표를 세우고 성취해야 한다. 하물며 20대인 당신은 어떻겠는가!

꿈은 사람을 특별하게 해준다

이루고 싶은 궁극의 목표를 우리는 꿈이라고 부른다. 다르게 말하자면 '내가 되고 싶은 사람'의 모습을 구체적으로 그린 그림이라고 할 수 있다. 아무리 스스로가 '난 정신적·물질적으로 만족스런 삶을 사는 게 꿈이야' 하고 말해도 실질적인 그림이 없다면 꿈이 없는 것이나 마찬가지다.

꿈이 있는 여자들은 자신이 꿈을 이루었을 때의 모습을 마치 그렇게 살아본 적이 있는 것처럼 상세히 말할 수 있다. '꿈은 이루어진다'는 말은 매일 그것을 생각하며 살을 붙이고 옷을 덧입히는 여자들에게나 유효한 것이다.

그런 여자들에게는 당장은 드러나지 않지만 스스로를 아주 특별한 존재로 만드는 힘이 있다.

집안 사정이 어려워서 휴학을 해야 했던 A는 백화점에서 판매 아르바이트를 시작했다. 하루 종일 다리가 퉁퉁 붓도록 서 있는 것도 쉬운 일은 아니었지만, 그녀를 더욱 힘들게 하는 건 사람들에게 함부로 취급받는 일이었다.

백화점 판매원에도 등급이 있어서 브랜드에서 파견한 직원이나 백화점에서 정식으로 채용한 사원들은 외모부터가 번듯하고 백화점 내에서의 대우도 달랐다. 반면 A처럼 일당을 받고 임시 매장에서 일하는 판매원들은 어딜 가나 신통찮은 대접을 받았다.

A가 가장 수치감을 느낄 때는 아침 조회 시간이었다. 낮 동안에는 얼굴 한 번 볼 수 없는 층장이라는 남자가 한참 잔소리를 늘어놓는데, 그 내용이 차마 들어줄 수 없는 것일 때가 많았다.

"콘래드의『참을 수 없는 존재의 가벼움』읽어본 사람 있나? 아마 없을 거야? 거기에 보면 말이야……."

A는 아침마다 고졸이 대부분인 여사원들을 폄하하며 반말을 하는 그 사람에게 "콘래드가 아니라 쿤데라야! 이 무식하고 비열한 작자야!" 하고 고함을 치고 싶은 것을 참아야 했다. A는 그럴 때마다 자신은 이런 대우를 받아서는 안 되는 사람이라고 애써 생각하며 자신이 꿈꾸는 미래의 모습을 머릿속으로 그렸다. 경영학을 전공하던 그녀는 마케팅의 귀재가 되고 싶었다. 승승장구하다가 전문경영인으로서 CEO까지 오르는 화려한 인생을 A는 아침 조회 때마다 수없이 반복해서 살았다. 얼마 후 그녀는 돈을 모아 복학을 하면서 아르바이트를 그만두었다.

그 뒤로도 A는 취업난과 힘든 직장생활을 거치는 동안 한시도 백화점 조회 시간에 그려보던 자신의 모습을 잊지 않았다. 원하던 대로 마케팅 분야에서 두각을 나타내며 성공가도를 달리던 A는 몇 년 후 좋은 조건으로 대기업에 스카우트 되었다.

백화점 사업부의 팀장이 된 A는 사업장을 돌아보다가 어린 여사원들을 노골적으로 무시하던 그 층장과 마주치게 되었다. 그는 수많은 판매원들 중 하나일 뿐이던 그녀를 전혀 알아보지 못했지만, 그녀는 그를 똑똑히 기억하고 있었다. 그는 본사에서 나온 작은 권력자인 A에게 부러질 듯 깍듯이 행동했다.

한창 일이 바쁜 시간, 한 번쯤 몸을 일으켜 컴퓨터에 코를 박고 일하고 있는 사람들을 살펴보라. 같은 직장, 같은 사무실에서 비슷한 일을 하고 있어 다 비슷하게 살 것 같지만, 그중에서 10년 뒤에는 모두와 다른 질의 삶을 살고 있을 사람이 분명히 있을 것이다. 범상해 보이는 겉모습 안에 비상한 꿈을 갖고 있는 누군가가 바로 그 주인공이다.

꿈을 가진 사람은 설혹 그 꿈이 실현되지 못한다 해도 꿈을 가졌다는 사실 자체로도 특별한 가치를 지니게 된다. 꿈을 가진 사람은 비슷한 처지의 다른 사람들과 다르게 말하고 다르게 행동한다. 그래서 어떤 처지에 놓이든 '잘사는 사람'으로서의 삶의 자세가 흔들리지 않는 것이다. 무게 중심을 잘 잡아주는 금속 추가 붙어 있는 오뚝이처럼 말이다.

흔히 꿈을 가진다는 것을 현실적인 것의 반대 개념으로 생각하지만, 꿈과 현실은 서로 보완 관계에 있는 것이다. 그 꿈이 아무런 구체성도, 적성과의 연결 고리도 없는 '헛꿈'만 아니라면 말이다. 현실적인 것이 뒷받침되어야 꿈을 포기하지 않을 수 있고, 꿈이 있어야 현실을 탄력적으로 살 수 있다.

잘살기를 바란다면 당장 마음속에 자신이 바라는 미래의 자화상을 그려라. 꿈은 결코 쓸모없는 추상적인 것이 아니다.

Chapter
5

20대, 노는 물의
수질 관리를 시작하라

똑똑한 여자들은 못난 사람들 사이에서 돋보이는 자신의 모습을 즐기기보다는, 결국 못난 무리 속의 하나로 전락한 자신의 처지를 부끄러워한다. 그리고 자신보다 더 부유하고, 더 많이 배우고, 더 똑똑한 사람들과 어울리려고 애쓴다.

좋은 물에서
놀아야
좋은 고기를
만난다

주변 사람은 곧 그 사람이다

D는 약혼자인 T의 고등학교 동창 모임에 몇 번 같이 갔다가 무척 실망해서 돌아오곤 했다. 약혼자의 친구들은 하나같이 무기력하고 패배주의적인 사고방식에 젖어 있었다. 그 생활 태도를 증명이라도 하듯 누구 하나 사회에서 번듯한 입지를 가진 사람이 없었다. 그녀는 그 모임에만 다녀오면 가슴이 갑갑하고 기분이 우울해졌다.

D는 T에게서 어렴풋이 느껴지던 부족함의 정체를 그제야 또렷이 알 수 있었다. 약혼자는 '잘사는 사람으로서의 자질'이 부족한 사람이었고, 누가 먼저랄 것도 없이 친구들과 악영향을 주고받고 있었다.

D는 T를 붙잡고 진지하게 대화를 시도했다.

"난 아무런 꿈도 목표도 없는 사람과는 장래를 함께할 수 없어. 지금부터라도 삶의 태도를 바꾸고, 더 나은 사람들과 어울려보겠다고 약속해 줘. 사랑한다면 그 사람을 바꾸려 들지 말아야 한다고 하지만, 내가 보기에 이건 우리 인생이 걸린 문제야."

다행히 약혼자는 그녀의 제안을 수용했다. 그때부터 T는 진취적이고 생기 있는 사람들이 많은 모임에만 나가고, 좀 더 사회적으로 영향력 있는 사람들과 어울리려고 애썼다. 처음엔 자기보다 나은 사람들과 어울리는 것이 부담스럽던 그도 나중에는 그 사람들과 있는 시간을 즐기게 되었다. 그러는 동안 T도 조금씩 그들을 닮아가고 있었다.

얼마 지나지 않아 T는 지지부진하던 회사 일에 조금씩 성과를 보이기 시작하더니 더 나은 회사로 승진까지 해서 옮기게 되었다. 자신감을 얻은 T는 전보다 더 유쾌하고 부지런한 사람이 되어갔고, 곁에서 지켜보던 D도 조금씩 변해가는 T의 모습에 만족했다.

혹 당신은 자신보다 나은 사람들과 어울리려고 애쓰는 것을 계산적인 일이라고 생각할지도 모른다. 아무런 덕도 안 되는 친구를 만나고, 그때마다 속으로 시간과 밥값이 아깝다는 생각을 하면서도 그것을 '의리'라고 부르고 있지는 않은가.

친구란 반드시 '내가 그 사람처럼 되고 싶다'는 부분이 한 가지라도 있는 사람이어야만 한다. 그래야 서로를 성장시키는 좋은 관계가 될 수 있다. 그 옛날 공자도 "보고 배울 게 없는 자와는 벗 삼지 말라(無友不如己者)"고 했다. 서로를 늪으로 끌어당기다 같이 질식사하는 관계를 누가 우정이라고 부를 수 있겠는가.

사람들은 서로 비슷한 사람끼리 모이기도 하지만, 모이면 서로 비슷해지기도 한다. 그래서 그 사람이 만나는 사람들이 곧 그 사람이며, 만나는 사람들을 달리하면 또 다른 사람이 될 가능성이 열리기도 하는 것이다.

나보다 나은 사람들을 만나라

사람들마다 교제를 하는 기준이 다른데, 어떤 사람들은 자신보다 처지가 못한 사람들과 어울리기를 좋아하기도 한다. 다른 사람들의 시선과 부러움을 받음으로써 쾌감을 느끼거나, 그 만족감으로 어깨에 힘이 들어가는 것이 좋기 때문이다.

그러나 같은 상황에서 똑똑한 여자들은 못난 사람들 사이에서 돋보이는 자신의 모습을 즐기기보다는, 결국 못난 무리 속의 하나로 전락한 자신의 처지를 부끄러워한다. 그리고 자신보다 더 부유하고, 더 많이 배우고, 더 똑똑한 사람들과 어울리려고 애쓴다. 그건 그 사람들의 덕을 보거나 인맥을 만들기 위해서만이 아니다. 그녀들은 누구나 자신이 속해 있는 무리를 닮아가기 마련이라는 사실을 잘 알기에 닮고 싶은 사람들로서 그들을 만나고 싶어 할 따름이다.

이 미덕을 실천하기 위해서는 우선 나보다 더 많은 것을 갖춘 사람들에 대한 질투와 적대감부터 거두기를 바란다. 그들에게는 당신이 배워야 할 무언가가 있다.

지금부터 인간관계를 리모델링하라

20대는 사람들을 새로 만나기에 더없이 좋은 시기다. 학교에 갇혀 있는 10대 때는 인간관계가 제한적일 수밖에 없고, 생애 최고로 바쁜 30대들은 가시적인 이익을 가져다주지 않는 한 새로운 사람을 사귀려 들지 않는다. 때문에 30대 이후의 인간관계는 계층별로 굳게 닫혀 있는 경우가 많다. 그러므로 하나같이 많은 사람을 만나고 많은 경험을 하려는 20대 시절에 50대 이후까지 만날 사람을 점찍고 그들에게 더 많은 시간을 할애해야 한다. 일찌감치 '좋은 물'에 발을 담가두라는 말이다.

만나고 오기만 하면 '인생이란 서글픈 것'이라는 생각을 하게 만드는 사람들과는 만남의 횟수를 서서히 줄여나가자. 객관적으로 삶의 여건이 좋은 것도 중요하지만 무엇보다 발전적인 태도로 삶을 살아가는 사람들과 애정을 쌓고 어울려라. 그들은 항상 얼굴에 미소를 띠고 있고, 함께 있으면 에너지가 느껴지는 사람들이다.

그렇다면 그런 사람들은 어디에서 만날 수 있을까? 사람들은 좋은 사람을 만나면 그 비슷한 사람들을 소개해 주고 싶어 한다. 그 관계망을 통해서 자신의 입지가 더 탄탄해지고 상대와의 관계도 더 긴밀해질 수 있기 때문이다. 따라서 당신이 먼저 좋은 에너지를 내뿜는 좋은 사람이 되면 당신을 아는 사람들은 앞다퉈 당신에게 좋은 사람들을 소개시켜 줄 것이다.

또한 요즘은 인터넷을 통한 동호회 문화도 발달해 있고, SNS로 관심사가 비슷한 사람들과 연결될 기회도 많다. 관심과 열의가 있다면 그런 경로를 통해서 당신이 닮고 싶은 사람들이 많은 모임을 찾아볼 수도 있을 것이다.

내 인생을 풍요롭게 해줄 사람들을 알게 되었다면 그들에게 뭔가를 얻어내겠다는 생각을 버려야 한다. 만남의 시작이 내 인생을 업그레이드하기 위해서였다고 해도 만남 자체가 계산적이 되어서는 안 된다. 사람들은 당신이 생각하는 것보다 훨씬 정확하게 당신의 속내를 짚어낸다.

일단 교제를 시작했다면 그 사람들에게 진심을 다하라. 그렇게 하면 그들도 당신 인생의 든든한 지원군이 되어줄 것이다.

불행한 철학자보다
행복한 바보를
가까이하라

세상에 불만 있는 사람을 멀리하라

누구나 한때는 날카로운 비판을 할 수 있는 사람을 선망의 눈으로 바라보게 된다. 눈을 돌리면 가장 화두가 되는 말이 비판이기도 하다. 비판을 '깨어 있는 정신'이라고 믿는 많은 사람들 중 일부는 비판을 함으로써 자신의 정체성을 확인하기도 한다.

비판이 인간 사회를 발전시킨 원동력이었음은 두말할 나위도 없다. 남성 중심의 사회구조에 대한 비판이 없었다면 우리 여자들이 오늘날 투표를 하고 자신의 성취감을 위해 뛰는 것을 꿈이나 꿀 수 있었겠는가. 그러나 비판이 자신의 무능을 남의 탓으로 돌리는 구실이 되거나, 자신을 성찰하는 눈과 귀를 가리는 방해물이 되어서는 안 된다. 늘 남의 탓, 세상 탓을 하는 사람치고 자신의 길에서 일가를 이룬 사람을 본 적이 없다. 그런 사람들은 늘 잘못을 남에게서 찾느라 자신을 발전시킬 겨를이 없기 때문이다.

세상에 불만이 많은 사람들은 자기 인생이 지지부진할 뿐 아니라 주변 사람에게까지 불만의 정서를 전염시킨다. 따라서 그런 사람들은 의식적으로 멀리할 필요가 있다. 다른 많은 장점이 있다고 해도 그런 사람들은 당신의 인생에 독이 될 것이 분명하다. 사실 투덜이 스머프 같은 사람이 사회적으로 성공할 가능성도 별로 없을뿐더러 그 '다른 장점'이라는 게 있을지도 의문이지만 말이다.

긍정적인 사람에게는 해답이 있다

J는 최근에 엄청난 시련을 겪었다. 2년간 사귀어온 남자친구와 헤어진 데다 지방 발령을 받은 일로 상사와 마찰이 있어 회사 생활도 괴로웠다. 그 스트레스를 쇼핑으로 풀었더니 통장이 거덜 나 빈털터리 신세가 되었다.

J는 사는 게 힘들어지자 친구들을 찾아 위로를 받고 싶어 했다. 고등학교 동창인 A는 그녀의 상황을 듣고는 안쓰러워하면서도 자신도 만만치 않게 힘들다고 말했다. A는 그게 모두 한국 사회의 병폐 때문이라고 했다. 그날 J는 A와 함께 모순된 권위 의식으로 얼룩진 한

국 기업 문화와 후진적인 남성우월주의를 성토하며 불우한 시대를 타고난 자신들의 운명을 한탄했다. J는 A와 같은 친구들 몇을 더 만나 비슷한 위로를 받았다. 그러나 그런 만남들은 J의 우울한 삶을 바꾸는 데 전혀 도움이 되지 않았다.

어느 날 J는 외근을 나갔다가 근처에서 일을 하는 대학 동창 B를 생각해 냈다. 같이 점심 식사를 하게 된 B는 J를 보자마자 "살이 많이 빠졌네. 전보다 분위기 있어 보인다" 하고 말을 꺼냈다. 맘고생으로 얼굴이 상했다고 생각하던 J는 기분이 조금 나아졌다.

"정말 힘들겠다. 그런데 우리 사무실에도 너처럼 인사 문제로 힘들어하던 사람이 있었는데 지금은 아주 잘 지내고 있어. 어떻게 했냐면……."

J의 근황을 들은 B는 자신의 주변에서 J와 같은 상황을 극복하고 잘된 사람들의 이야기를 해주었다. 전혀 특별할 것 없는 내용이었지만 J는 B와 점심을 먹고 일어설 즈음 왠지 모르게 기운이 나는 것을 느꼈다.

사실 그전까지 J는 B를 그다지 좋아하지 않았다. 대학 시절 자신이 심취해 있던 니체와 쇼펜하우어에 대해 우울증을 조장하는 것 같다며 싫어하는 B가 자기와는 안 맞는 사람이라고 생각했고, 그 뒤로 그다지 가깝게 지내지 않았던 것이다.

그러나 이제 J는 B를 자꾸만 만나고 싶어졌다. 아무리 바빠도 어떻게든 B의 여유 시간에 맞춰 시간을 내서 같이 쇼핑을 하거나 밥을

긍정적인 사람들은 더 많은 성취를 이룰 수 있는 잠재력을 갖고 있으며, 그 에너지를 주변에 발산한다. 곁에서 그 사람과 함께 있는 것만으로도 힘을 얻게 되는 것이다.

먹었다. 그런 만남이 거듭될수록 J는 슬럼프에서 점차 빠져나왔고, 나중에는 객관적인 상황도 훨씬 나아지게 되었다. 상사와의 관계도 좋아졌고 멋진 남자친구도 새로 만나게 된 것이다.

누군가에게 직접적인 도움을 받아야만 그 사람에게 덕을 보는 것은 아니다. 그저 같이 있는 것만으로도 내게 덕을 끼치는 사람이 분명 있다. 그런 사람들은 대개 세상의 좋은 면을 볼 줄 아는 사람이다. 긍정적인 사람들은 더 많은 성취를 이룰 수 있는 잠재력을 갖고 있으며, 그 에너지를 주변에 발산한다. 곁에서 그 사람과 함께 있는 것만으로도 힘을 얻게 되는 것이다.

주변에 행복하고 긍정적인 사람이 많을수록 당신의 인생도 잘 풀리게 되어 있다. 만약 당신이 니체와 포레스트 검프 중 한 사람을 친구로 사귈 수 있다면 포레스트 검프를 만나는 편이 낫다.

착하게
사는 것도
전략이다

\ 가장 필요한 것만 빼고 모든 것을 남에게 주라

앞에서 희생하지 말라고 해놓고 착하게 살라니, 어불성설로 들릴 수도 있겠다. 그러나 자기 자신을 가장 사랑하라는 말은 결코 다른 사람을 전혀 생각하지 말라는 뜻이 아니다. 덮어놓고 자기 자신만을 위한다고 해서 무조건 행복하고 성공적인 인생을 살 수 있는 것은 절대 아니라는 말이다.

요컨대 자기 자신의 미래와 목표를 위해 가장 중요한 것은 끝까지 손에 쥐고 놓지 말고, 그 나머지는 모두 양보하라. 다시 말해서 나중에 보답을 받지 못하더라도 베풀고 잊을 수 있는 정도만 베풀라는 것이다. 그래야 상대방도 순수하게 받아들일 수 있고, 베푸는 자신도 기분이 좋다.

험한 세상을 처음 겪는 20대는 아마도 '내가 아무리 잘해봤자 세상은 알아주지 않는다'고 느낄 것이다. 하지만 또다시 몇 년이 지난 뒤에 통찰력 있는 여자들은 '결국은 내가 한 대로 돌아오는구나'라고 깨닫게 될 것이다. 세상에 호의를 갖고 친절을 베풀지 않으면 세상도 반겨주지 않는다. 안 주고 안 받는 인생보다 많이 주고 많이 받는 인생이 훨씬 풍성하고 살 만하다.

인생을 통틀어 가장 세련되고 풍부한 감수성을 갖는 시기는 20대다. 이러한 20대에 주는 연습, 착하게 사는 연습을 하지 않으면 평생을 삭막하게 살 것이다. 성공적인 인생을 산 누구라도 다른 사람에게 베푸는 데 인색한 법은 없었다.

입바른 사람은 되지 마라

아무리 세상이 냉정하다 해도 사람은 기분에 따라 움직이는 감정의 동물이다. 만약 아침 출근길에 만난 동료에게 "살이 좀 찐 것 같아. 관리 좀 해"라고 말한다면 그날 그 동료의 하루를 망치는 중죄를 짓는 것이다.

그런 사람들은 대개 스스로를 이렇게 생각하는 경우가 많다.

'나는 원래 입바른 말을 잘하는 스타일이야. 하지만 뒤끝이 없지.

144

그래서 사람들도 나를 싫어하지 않아.'

그러나 어떤 경우에서건 불필요하게 다른 사람의 기분을 상하게 하는 말을 즐기는 사람은 성공하기 힘들다. 물론 능력이 있으면 성 공적인 사회생활을 할 수도 있겠지만, 남보다 배는 힘든 과정을 거 쳐야 목표에 이를 수 있다. 저 살기에도 바쁜 세상 사람들은 도무지 호감이 가지 않는 사람에게까지 문을 열어줄 여력이 없기 때문이다. 그녀들은 항상 그들이 마지못해 문을 열어줄 때까지 전투를 치러내 야 한다. 안 그래도 여기저기 장애물이 도사린 험난한 인생을 살면 서 굳이 그런 가시밭길을 선택할 이유가 있을까. 어딜 가나 꼭 한 명 쯤 만나게 되는 '입바른 여자'들을 보면 불쾌하다기보다 가엾다는 생각이 든다.

처세서들이 공통적으로 강조하듯, 말은 그 사람의 과거와 현재와 미래를 담고 있다. 남을 기분 좋게 하는 말, 긍정적인 말을 하는 사 람은 항상 긍정적으로 살게 된다. 반면 남에게 상처 주는 말을 쉽게 하는 사람은 자신도 그런 말을 자주 들으며 살게 된다.

이상하게도 남에게 듣기 싫은 말을 잘하는 사람일수록 자신이 그 런 말을 들으면 더욱 못 견뎌하게 마련이니, 남보다 화내고 괴로워하 는 시간이 더 많을 수밖에 없다.

만약 당신이 하고 싶은 말을 꼭 해야 직성이 풀리는 성격이라 면 어떤 대가를 치르고라도 반드시 고치기를 권한다. 말을 함부 로 하는 것은 자신을 함부로 대하는 사람과 같다. 자신을 함부로 대하는 사람의 미래가 어둡고 불투명한 것은 너무 뻔한 일 아니 겠는가.

인터넷에 글을 남긴다는 것은 문신을 새기는 것이다

아무리 정적이고 내향적이라 해도 사람에게는 누구나 타 인과 연결되고 싶은 욕구가 있다. 그래서 우리는 시간, 공간, 대인관 계에 드는 에너지에 구애받지 않고 누군가와 연결될 수 있는 인터넷 공간에 매료되곤 한다. 같은 관심사를 가진 사람들이 모인 인터넷 카페라든지, SNS 같은 수단이 그것이다. 잘만 활용하면 정말 좋은 것이다.

나는 뜨개질 정보를 나누는 카페에서 정보와 재료를 주고받던 회 원들과 정이 들어 마음 통하는 현실세계의 친구들을 얻고, SNS로 영화에 대한 관심사를 주고받다가 연인이 된 사람들도 알고 있다.

무엇보다 SNS는 사회학에서 '느슨한 고리(weak links)'라고 부르 는 관계를 맺기에 더할 나위 없이 좋다. 꼭 끈끈하고 긴밀한 인간관 계만이 실질적인 도움이나 정서적 충만감을 준다고 믿는다면 엄청 난 착각을 하고 있는 것이다. 사람들은 다소 피상적이지만 공감대와 관심사를 공유한 관계 속에서 더 많은 것들을 얻는다. 많은 사람들 이 여러 사정으로 자주 만나고 깊이 친해지기는 어렵지만 연결된 채로 있고 싶은 사람들과의 느슨한 고리를 SNS로 유지하며, 그 관계를 통해 수많은 좋은 것들을 얻는다. 내가 아는 한 젊은이는 그런 고리로 연결된 지인들에게 자기 꿈에 대한 구체적인 정보와 후원을 얻었고, 어떤 이는 중요한 사업 파트너를 소개받기도 했다. 이처럼 잘만 다루면 아주 좋은 형태로 타인과 연결될 수도 있는 수단이 되는 게 SNS다.

하지만 종종 같은 매체를 가지고도 낭패를 보는 상황을 목격하기도 한다.

J는 남자친구와 함께 추억을 남기기 위해 태국 푸켓으로 여행을 갔다. 남자친구가 신경 써서 예약한 특급호텔은 정말 근사했다. 에메랄드 빛 바다가 테라스 밖으로 보이고 고급 침구, 편안한 소파가 있는 스위트룸을 본 그녀는 카메라 셔터를 누르기 바빴다. 그러고는 방을 배경으로 한 남자친구와의 셀카와 여러 사진들을 SNS에 올렸다. 친구들은 부럽다는 댓글을 실시간으로 달아주었고, 그녀는 덕분에 더 기분 좋아졌다.

1년 후, J는 이전의 남자친구와 헤어지고 새로운 사람과 만나고 있었다. 새 남자친구는 이별의 상처를 보듬어주고 다시 일상을 돌려준 특별한 사람이었다. 그녀는 누군가와 정착하고 결혼을 한다면 반드시 이 사람과 함께이고 싶다고 생각했다. 그런데 그런 그가 어느 날부터인가 연락이 뜸해지더니 아예 그녀를 피해 자취를 감추었다. 그렇게 그녀는 영문 모를 이별을 일방적으로 당한 것이었다. 헤어짐이 기정사실이라 해도 이유라도 알고 싶었던 그녀는 도무지 만날 수 없는 남자를 대신해 그 친구를 쥐어짰다. 두 손 들었다는 듯 입을 연 친구는 기함할 사실을 전해 주었다.

그가 그녀와 전 남자친구가 푸켓 호텔에서 함께 찍은 사진들을 보았다는 것이었다. 그녀는 이별 직후 SNS에서 모든 기록을 지웠지만 그전에 그 사진들을 저장해 둔 사람이 있었다. 그녀 친구의 지인이었는데 사진 속 호텔이 마음에 들어 정보를 기록해 두려는 게 의도였다. 그 사람이 지금 남자친구의 대학 동기여서 우연히 휴대폰에 저장해 둔 사진을 보고 충격을 받은 모양이었다. 두 사람을 소개시켜 준 사람이 남자친구와 그녀를 동시에 아는 사람이니 그런 우연의 연결도 그리 확률이 낮은 일은 아니었다.

"J씨가 전에 사귀던 사람이 있었다는 것도 알았고, 요즘 세상에 사랑하는 성인 남녀가 같이 여행가는 것도 흠 잡힐 일이 아니라는 것은 아는데…… 생각으로는 다 이해하면서도 그 사진들을 보고는 J씨 얼굴을 도저히 못 보겠더래요."

J의 남자친구에 대한 판단은 여기서 논외로 하자. 여기서 한 가지 확실한 것은 그녀가 경솔했다는 것이다. 많은 사람들이 SNS를 자신의 개인 공간으로 착각하는 경우가 많은 것 같다. 자신의 추억과 생각을 남기는 공간이 정말 개인적 공간이려면 일기장처럼 아무에게

도 공개되지 않고 혼자만 볼 수 있어야 한다. SNS라는 말 자체가 '사회 관계망 서비스(Social Networking Service)'의 약자라는 것을 상기해 보면 개인의 계정이라고 해서 그것을 개인 공간이라고 우기는 것 자체가 어불성설이라는 것을 알 수 있다. 그럼에도 불구하고 SNS에 열중하고 거기에 올리는 무언가로 사람들과 소통하는 과정에 중독된 사람들은 자꾸만 그 사실을 잊는다.

방송국에서 일상 다큐멘터리를 찍을 때 주인공의 공간에는 수많은 카메라가 설치된다. 출연자는 처음에는 카메라를 의식한 행동을 하지만 그 상태로 얼마간 시간이 흐르면 카메라의 존재를 잊고 평소대로 행동하게 된다고 한다. 그래서 폭력남편이 카메라 앞에서 아내를 때리는 등 문제행동을 다루는 프로그램들에서 출연자들의 본색이 드러날 수 있는 것이다. 나는 가끔 사람들이 SNS 공간에도 지켜보는 수많은 눈이 있다는 것을 잊고 있다는 것, 그런 착각이 자신에게 어떤 종류의 영향으로 되돌아올지 미처 생각을 못하고 있다는 것에 놀라곤 한다.

이것만은 꼭 명심하라. 인터넷 공간, 특히 SNS에는 10년 후 온 인류와 함께 보아도 부끄럽지 않을 것 같은 내용만을 올려야 한다. IT 전문가인 한 지인은 그 어떤 인터넷 공간에도 글을 남기지 않는다고 한다. 인터넷에 글을 올린다는 것은 문신과 같아서 절대 완벽하게 지워지지 않는다는 것이다. 그 사실을 알기에 함부로 자신의 흔적을 남기는 것이 꺼려진다고 한다.

인터넷을 기반으로 한 여러 관계망들은 어떻게 쓰느냐에 따라 따뜻한 연결고리가 될 수도 있고, 평생 벗을 수 없는 족쇄가 되기도 한다는 것을 생각하고 키보드를 두드리기를 권한다.

인복 있는
여자가 되라

인복도 만드는 것이다

20대인 당신은 아직 체감 못할 수도 있겠지만 일생을 두고 사람은 큰 재산이다. 누군가가 큰 어려움에서 벗어나거나 큰 기회를 잡을 때 '귀인'의 등장을 논하지 않을 수 없는 것도 그 때문이다. 그런 귀인들을 주변에 두고 있는 사람에 대해 흔히 '인복이 있다'고들 말한다. 그렇다면 인복이 있는 사람들은 어떤 사람들일까?

사람들은 무엇에 손을 대도 돈을 버는 사람을 보면 '돈복이 있다'고 하고, 자식들마다 성공하고 효도하는 사람을 보면 '자식 복 있다'고 한다. 그러나 찬찬히 살펴보면 돈복이 있는 사람은 여러 번의 시행착오를 거쳐 투자에 눈을 뜬 사람이고, 자식 복이 있는 사람은 그들 자신이 이미 훌륭하게 자식 노릇을 하던 사람으로서 자식들에게 미덕을 물려준 경우가 많다.

인복이라는 것도 마찬가지다. 복이라는 게 결국은 사람이 만드는 것인 만큼, 인복이 있는 사람에게도 이유 없이 좋은 사람들이 몰려드는 것이 아니라 그 사람에게 뭔가 특별한 점이 있기 때문인 것이다. 그들은 대개 사람을 소중히 여기고 관계에 충실하게 임한다. 그리고 새로운 사람을 만나는 일을 두려워하지 않는다.

언제나 익숙하고 만만한 상대만 만나려 하는 사람은 그렇지 않은 사람보다 인복이 있을 가능성이 적다. 세상에는 수많은 사람들이 있고 그들 중에는 이상적인 나의 동업자가 될 수 있는 사람이나, 나와 코드가 잘 맞아 둘도 없는 친구가 될 사람도 있다. 그런 사람들을 만날 기회를 만들지 않는 것 자체가 마이너스로 가는 지름길이다.

물론 낯가림이 심해서 그렇게까지 애쓰며 인생을 살고 싶어 하지 않다는 여자들도 있을 것이다. 하지만 인간이라는 존재에 대해 조금만 관심을 가지면 낯선 사람들을 만나는 일이 그리 곤혹스러운 일만은 아니라는 것을 금세 알게 된다. 사람이란 한결같이 비슷비슷해 보이면서도 각각 독특한 구석과 배울 점이 있으며, 흥미를 가질 가치가 없는 사람조차도 반면교사가 되어 삶을 대하는 시선을 넓혀준다.

그 새로운 만남 속에서 대부분의 사람은 시간이 지나면서 떨어져 나가지만 소수의 사람들은 곁에 남는다. 그들을 꽉 붙잡는 사람이 바로 인복 있는 사람이다.

진심이 뇌물보다 낫다

단순히 사람을 많이 만난다고 해서 인복이 있는 사람이 된다면 홍보나 영업 일을 하는 사람들은 모두 인복이 있다고 할 수 있다. 그러나 실제로는 꼭 그렇지만도 않은 것을 보면 인복이 있는 사람들에게는 다른 노하우가 있는 것도 같다.

결론부터 말하자면 인복이 있는 사람들에게는 별다른 테크닉이 없다. 원론적인 말로 들릴지도 모르지만, 다른 사람을 진심으로 대하는 것이 공통 유일의 테크닉이랄 수 있겠다. 사교적인 태도와 현란한 화술로 '아는 사람'을 만들 수는 있겠지만, '귀인'이라 할 만한 사람을 만들기는 힘들다.

H는 사람을 잘 사귀는 여자였다. 재치 있는 말투로 곁에 있는 사람을 즐겁게 해주고, 별로 가깝지 않은 사람에게도 살갑게 굴 줄 알아 처음 만나는 사람들은 모두 그녀에게 좋은 인상을 받았다. 그런데 그런 그녀를 자세히 관찰해 보면 이상한 점을 발견할 수 있었다. 항상 주변에 사람들이 바글거리는 것 같은데, 정작 그녀의 가장 가까운 곳에는 사람이 없었다. 그래서 그녀는 결정적인 순간에 혼자일 때가 많았다. 알고 보니 H는 사람들을 이중적으로 대하는 습관이 있었다.

그녀와 알고 지내던 한 사람은 H가 자신이 공공연히 점찍어둔 남자와 몰래 데이트를 했다는 것을 알고 기함했다. 또 앞에서는 필요한 일이 있을 때 언제든 말하라고 해놓고 자기의 사소한 이익 때문에 오히려 훼방을 놓았다는 사실을 알고 H와 절연을 했다는 사람도 있었다.

그녀에게 가까이 다가가려던 사람들은 호되게 '뒤통수를 맞고' 혼비백산 달아나기 때문에 몇 발자국 떨어져 있는 사람들만이 남아 있는 것이었다. 그래서인지 H는 외롭다는 말을 자주 했다.

지금도 H 곁에는 사람이 많아 보이지만 사람이 없다.

인간관계를 잘 맺는 방법에 대한 책들은 서점에 셀 수도 없을 만큼 많다. 그러나 사람의 머릿수만큼이나 많은 인간관계 노하우들의 기본은 결국 '진심'이다.

먼저 호의를 품고 사람들을 대하려는 마음을 가지려고 노력하고 그 마음을 전한다는 기분으로 사람들을 대하면 방법이 서투르더라도 통하게 마련이다. 그런 호의와 진심을 품지 않는다면 수백 권의 처세서도 한낱 재활용 폐지더미에 지나지 않는다.

테크닉만으로 사람을 얻으려 하지 마라. 아무리 무딘 사람이라도 진심을 감지하는 능력은 있다. 사람을 대하는 잔재주를 보고 곁에 남아 있을 사람은 없다.

운명을 바꾸기 위한
투자를 시작하라

당신이 무언가에 자주 실패한다면 정성을 들이는 일에 익숙하지 않은 사람이기 쉽다.
단 한 가지라도 제대로 이루고 싶다면 대충 성의 없게 일을 하면서 '하늘의 뜻에 맡긴
다'라고 말하지 말라. 그 '하늘의 뜻'을 움직이는 것이 바로 당신의 정성이다.

Reader만이
Leader가
될 수 있다

인생을 바꾸고 싶다면 서점에 가라

　"책 속에 길이 없던데요."

　어떤 사람이 '책 속에 길이 있다'는 금언을 비꼬며 내게 한 말이다. 그러나 단언하건대 책 속에는 길이 분명히 있다. 책 속에서 길을 못 본 사람은 너무 적은 양의 책을 읽어서 길을 가르쳐주는 책을 찾아내지 못했거나 독서편식으로 책을 제한적으로 읽거나, 둘 중 하나일 가능성이 크다.

　어느덧 지하철에서 책을 읽고 있는 사람들을 만나기 힘든 시대가 되었다. 모두들 얼마간의 이동시간을 스마트폰의 액정화면을 들여다보며 소진하고 있다. 그중 전자책을 보는 사람들도 상당수일 거라고 믿고 싶은 건 순전히 나의 바람일지도 모르겠다.

문학은 정신적 휴식과 삶의 선택에 대한 힌트를 준다. 이런 혜택은 독서 이력과 혜안이 있는 소수의 사람들에게만 해당되는 일이라고 해도, 실용서나 경제서적, 인문사회서적의 이득은 독서의 수혜자가 되어본 경험이 없는 사람은 상상할 수도 없는 정도로 직접적이고 대단하다.

이런 책들은 재미가 없다고 생각하는 사람이 많겠지만, 내가 발딛고 사는 현실을 이야기하는 책들이 어떻게 추상적인 세계를 다루는 소설보다 재미없을 수 있겠는가. 제대로 된 실용서를 읽어본다면 독서의 또 다른 재미와 매력을 느끼게 될 것이다. 여러 분야의 책들을 고루 읽다 보면 언젠가 당신이 늘 가슴속에 의문으로 품고 있던 문제의 해답을 찾을 수 있을 것이다.

L은 대학 졸업 후 여섯 번이나 직장을 옮겼지만 지금 다니고 있는 회사도 마음에 들지 않았다. 마지막 직장으로 생각하고 조금만 더 참자고 아무리 결심해도, 하루에도 몇 번씩 사표를 내고 싶은 충동에 휩싸였다. 온통 그만둘 생각으로 가득한 회사 생활은 괴로울 수밖에 없었다. 그러다가 L은 우연히 미국의 어느 강연자가 쓴 책을 읽게 되었다. 처음엔 별생각 없이 훑어봤는데 읽을수록 빠져드는 책이었다.

L은 그 책을 읽으면서 자신에게 어떤 문제가 있는지를 확실히 깨달았다. 그 책에서 꼬집고 있는 일 못하는 사람들의 유형 중 하나가 그녀 자신과 정확히 맞아떨어지는 것이었다. 게다가 그녀 같은 사람이 어떻게 단점을 극복하고 성취 동기를 높일 수 있는지 실천 방법까지 상세히 일러주었다.

L은 당장 책의 내용을 실천에 옮겼다. 전과는 달리 의욕적으로 일을 할 수 있었다. 시간이 지나 그 책의 '약발'이 떨어지자 또다시 다른 책을 찾아 마인드 컨트롤을 하며 결심을 다잡았다. 그녀는 여섯 번째 직장에 드디어 성공적으로 정착하고 직장생활을 즐겁게 할 수 있었다.

모든 사람에게는 반드시 운명을 바꿀 수 있는 책이 한 권씩 있다고 한다. 그 책은 사람들이 너나없이 좋다는 양서일 수도 있고, 누구에게도 주목 받지 못한 숨은 책일 수도 있다. 다른 사람들은 읽고도 아무런 감흥이 없었다는데 당신에게만은 모든 문제의 답을 줄줄 읊어주는 명저가 될 수도 있다. 당신 속에 들어갔다 나온 것처럼 당신 마음을 잘 아는 현자가 어려움을 극복하고 원하는 삶에 이르는 법까지 알려준다면, 그 얼마나 감사하고 다행스러운 일이겠는가. 당신만의 '운명의 책'이 바로 그런 현자가 되어줄 수 있는 것이다. 아직 그런 책을 만나지 못했다면 책에 길이 없다고 절망할 게 아니라 서점과 도서관을 사력을 다해 뒤져볼 일이다.

누군가는 책을 대신할 게 너무나 많아져서 책을 읽을 필요가 없다고 말하기도 한다. 물론 요즘은 TV에서 한 시간짜리 다큐멘터리 한 편만 봐도 인간 게놈 프로젝트가 뭔지 대략은 알 수 있고, 인터넷 검색창에 세종대왕이라는 단어 하나만 입력해도 그가 비만에 당뇨병 환자였다는 시시콜콜한 정보까지 알아낼 수 있다. 이렇게 정보에 접근하기 쉬워졌다고 해서 책이 필요 없는 것일까?

수입은 많지만 여러 군데로 돈이 새는 바람에 도무지 재산을 쌓지 못하는 친구에게 재테크나 투자에 관련된 책을 읽어보라고 권했다. 그러자 친구는 이렇게 말했다.

"그런 책 읽는다고 뭐 별다른 게 있니? 결국은 악착같이 아끼란 말 아냐? 누가 아껴야 된다는 걸 모르나? 인터넷만 뒤져도 돈 아끼는 법은 얼마든지 알 수 있어."

그 친구에게 단 한 권이라도 그런 종류의 책을 읽어보았냐고 묻자, 한 번도 읽어본 적이 없다고 대답했다. 그 친구에게 해줄 수 있는 말은 부디 속는 셈치고 단 한 권이라도 읽어보라는 것뿐이었다.

아무리 정보가 넘쳐도 성공하는 사람들은 예외 없이 여전히 책을 열심히 본다. 왜냐하면 책은 전혀 모르는 미지의 세계를 알기 위해서라기보다 '아는 것의 이면'을 알기 위해 더더욱 필요하기 때문이다. 따라서 책은 정보보다는 깨달음을 주는 도구인 셈이다. 사실 우리가 사는 세상에서는 정보보다 지혜가 더 절실하다. 똑똑한 여자들이 잘난 여자들보다 세상을 더 잘사는 것도 그 때문이다.

책을 멀리하면 성공도 멀어진다

'책은 마음의 양식'이라는 말에는 아무런 감동이 없다. '몸의 양식'도 챙겨 먹기 버거운 현실이니, 그런 문구는 오히려 책 읽기를 현실적 도움이 안 되는 신선놀음쯤으로 치부하게 유도한다.

책은 마음의 양식일 뿐 아니라 내 그릇을 크게 만들어주는 현실적 도구이기도 하다. 그 '그릇'은 내 '밥그릇'일 수도 있고 인생을 품는 크기일 수도 있다. 한 가지 분명한 것은 그릇이 작은 사람은 결코 성공할 수 없다는 점이다.

사람은 아는 만큼만 보이고, 보이는 만큼만 생각하고, 생각하는 만큼만 누릴 수 있다. 20대는 아직 정신적·물질적·시간적 여유가 없으므로 일단 책을 읽고 세상 보는 눈을 넓혀두어야 나중에 더 많은 것을 누리고 살 수 있다.

또한 앞서 귀족이 되어야 더 나은 삶을 선택할 수 있다고 말한 바 있다. 스스로를 귀족으로 대접하려는 당신의 노력을 '허영'과 구분하는 것이 바로 독서를 통한 지적 소양인 것이다.

책을 많이 읽고 생각을 많이 하는 사람은 자기만의 철학을 가지게 되고, 자기 철학이 있는 사람은 도덕적 자부심을 가지게 된다. 도덕적 자부심과 '뼛속까지 귀족이 된다는 것'은 깊은 관계가 있다. 속물이 된다는 것을 무조건 자기만 위하는 거라는 이기심으로 이해했다면 당신은 여기까지 이 책을 잘못 읽은 것이다. 자신을 우주의 중

사람은 아는 만큼만 보이고, 보이는 만큼만 생각하고, 생각하는 만큼만 누릴 수 있다. 20대는 아직 정신적·물질적·시간적 여유가 없으므로 일단 책을 읽고 세상 보는 눈을 넓혀두어야 나중에 더 많은 것을 누리고 살 수 있다.

심으로 놓은 하나의 세계에서 타인과 어떻게 어울릴지 그 태도를 정하는 게 바로 자기 철학이다. 독서를 통해 속이 꽉 차게 되었을 때, 당신은 공작부인의 옷을 훔쳐 입은 하녀가 아니라 거지소굴에서 누더기를 걸치고도 홀로 빛을 내뿜을 수 있는 귀족이 되어 있을 것이다.

'오늘 하루도 대충 때우며 월급날이나 기다리자'라는 신조를 품고 사는 것으로 만족하는 사람이 아니라면 한시라도 손에서 책을 놓아서는 안 된다. 행여 '책의 효능'에 대해 아직도 의심을 버릴 수가 없다면 한번 시험을 해보기 바란다. 당신이 원하거나 관심이 있는 분야의 책을 다섯 권만 찾아서 읽어보라. '길'이 훤하게 보일 것이다.

당장이라도 손바닥만 한 핸드백은 장롱 깊숙이 넣어두고, 큼지막한 가방을 꺼내 책을 넣고 다니길 바란다. 나는 주로 다독을 권하는 편이다. 그 가운데 운 좋게도 '내 운명의 짝'이 되는 책을 찾았다면 두세 번쯤 반복해 읽어도 좋다. 책값이 부담스럽다면 대여점이나 도서관을 이용할 수도 있고, 친구들과 책을 함께 사서 돌려봐도 좋다. 뜻이 있는 곳에는 언제나 길이 있게 마련이다.

약속한 사람이 늦을 때, 긴 시간 지하철에 앉아서 갈 때, 다음 일정까지 잠시 시간이 뜰 때 무료함을 두려워하지 않고 책을 꺼내 들 수 있다면 당신은 이미 다른 사람보다 앞서가고 있는 것이다.

몸에 하는
투자에는
손해가 없다

보약은 20대에 먹어두자

그래도 요즘 20대들은 건강을 지키기에 좋은 시대를 살고 있다. 건강은 소중하며 젊을 때부터 지켜야 한다는 인식이 많이 보편화된 시대를 살고 있기 때문이다. 야속한 사회지만 그래도 예전처럼 '젊은 것이 몸 사린다'는 눈총을 덜 받을 수 있다. 그런데도 여전히 자기 몸에 적극적으로 투자하는 20대는 그리 많지 않은 것 같다. '잃기 전에는 소중한 줄 모른다'는 흔한 말에는 건강처럼 들어맞는 대상도 없기에, 별다르게 아픈 곳 없는 20대들은 무심히 나이를 먹어간다. 운동은 건강보다는 다이어트의 수단으로 인식되고, 한의원에는 보약보다는 살 빼는 약을 지으러 드나든다. 젊은 날에 유일하

164

게 많이 가지고 있는 것이 건강이다 보니 건강보다 소중하게 느껴지는 것들이 너무나 많다.

그러나 경험자들의 의견을 종합해 보면, 젊어서 몸을 만들어놓는 것은 저축이다. 그것도 이율이 아주 높은 저축 말이다.

약골 체질을 타고난 K는 20대 초중반에 건강 때문에 아주 애를 먹었다. 대학 시절 시험 공부를 좀 무리하게 한다 싶으면 바로 몸살이 나 앓아누웠다. 또 회사에 다니면서부터는 한 달에 두세 번 결근은 보통이고, 심지어 야근을 하다가 졸도해서 동료들을 놀라게 한 적도 있다. 결국 사회생활을 포기하고 '몸 만들기'에 돌입했다. 한의원에서 보약을 지어 먹고 체질에 맞는 운동을 찾아서 꾸준히 했더니, 불과 몇 개월 만에 효과를 톡톡히 봤다. 젊은 사람들은 조금만 관리를 해주어도 쉽게 효과를 본다는 한의사의 말이 틀리지 않았던 것이다.

이제 서른을 넘겨 체력이 떨어지는 걸 느낀다는 친구들과는 달리, 그녀는 전보다 더 에너지가 넘치는 생활을 하고 있다. 그녀가 저축해 놓은 건강은 인생에서 가장 바쁜 시기인 30대에 썩 유용하게 제 몫을 다하고 있는 셈이다.

20대 여자들은 소화불량이나 생리통처럼 별다른 치료법이 없는 고질병들이 한약이나 식이요법, 요가 등의 생각보다는 간단한 방법으로 생각보다 쉽게 좋아질 수 있다는 것을 모르는 경우가 많다. 여러 의사들 말에 따르면 젊은 몸에는 이른바 '약발'이 비교도 할 수 없이 잘 받는다고 한다. 나이 들어 망가진 몸에 부랴부랴 약을 들이붓는 것보다 적은 수고로 많은 득을 볼 수 있다며 안타까워 한다. 20대에 자기 몸에 조금 더 관심을 가지고 하자 보수를 한다면 평생을 두고 그만한 투자도 없는 셈이다.

몸에 시원찮은 부분이 있다면 미용실 두세 번 갈 돈을 아껴서 한 번쯤 보약을 지어 먹어보자. 시원찮은 장기가 있다면 그에 좋다는 차나 음식을 꾸준히 먹어보고, 부실한 척추나 관절에 좋다는 치료나 근육 운동도 해보자. 몸뿐 아니라 마음까지 든든해질 것이다.

운동 중독자가 되면 사는 게 즐거워진다

대개 중독은 나쁜 것이다. 그러나 운동만큼은 적당히 중독된 채로 살 것을 권하고 싶다. 알코올이나 온라인 게임, 쇼핑 등은 일단 중독되면 삶이 피폐해지지만 운동은 오히려 활력을 준다. 달리기나 자전거처럼 중간 강도로 격렬한 운동을 30분 이상 하면 이른바 러너스하이(runner's high)라 불리는 상태를 경험하게 된다. 이때 느끼는 쾌감은 헤로인이나 모르핀 같은 마약을 복용했을 때와 비슷하다고 한다. 그것은 베타엔도르핀처럼 잘 알려진 것은 물론 현대과

학으로도 아직 다 밝혀지지 않은 수많은 쾌감 호르몬의 칵테일이 콸콸 분비되기 때문이라는데, 이 호르몬은 우울증 치료에도 탁월한 효과가 있단다. 부작용 없이 쾌감과 행복을 느낄 수 있다니 이보다 더 좋은 일이 어디 있겠는가.

그래서인지 옷이 땀에 젖도록 운동하는 것을 즐기는 사람들은 늘 생기가 넘친다. 그들은 스트레스를 쌓아두지 않고 풀기 때문에 성격이 꼬인 데도 없고 긍정적이다.

흔히 운동을 하면 기운이 빠져서 사회생활을 못할 것 같다고 하지만 그 반대다. 운동은 밥 먹는 것처럼 몸에 에너지를 준다. 그래서 다이어트도 운동을 하지 않고 하면 더 힘든 것이다.

스노보드나 테니스처럼 보기에 그럴듯하고 기술이 요구되며 장소에 제한을 받는 운동만 스포츠가 아니다. 운동신경이 둔한 사람들이 꼭 '배워야만 할 수 있는 운동들'을 고집하다 제풀에 포기하기를 반복하는 것은 어리석은 일이다. 당장이라도 사지가 멀쩡하면 누구나 할 수 있는 운동들에 한번 도전해 보자.

그렇다고 해서 요즘 문제가 되는 것처럼 관절이 상할 정도로 미련하게 운동을 해대라는 말이 아니다. 쾌감을 느끼고 그것을 반복적으로 경험하고 싶어 하는 중독의 미덕만을 따르자.

꼭 러너스하이까지 이를 정도는 아니더라도 운동으로 땀을 흘린 후 샤워를 하고 나면 인생을 찬양하고 싶은 기분이 든다. 이 기분에 중독되면 생활이 통째로 바뀔 것이다.

자신에게 뻗치는
정성은
효험이 더 크다

정성 없이 이룰 수 있는 일은 없다

부지런하고 성실한데 도무지 생활이 나아지지 않는 사람들을 흔히 볼 수 있다. 주변 사람들까지 안타까워하며 세상이 불공평하다고 말하게 한다. 물론 개중에는 운이 나빠서 아직 시기를 못 만난 사람도 분명히 있다. 그러나 대부분의 경우 그들은 '정성'이 부족한 사람들이다. 그들은 주어진 일을 최선을 다해 해내기는 하지만 기본 이상의 것을 하려 들지 않는다. 세상에 기본을 해내는 사람들은 너무나 많다. 기본적인 것만 하면서 기본 이상의 결과를 바란다는 건 욕심이다. 무언가 원하는 것이 있다면 필수적으로 극성을 떨어야 한다. 그 '극성'의 다른 얼굴이 바로 정성이다.

흥미로운 것은 한 가지에 정성을 다하는 사람은 다른 데도 정성을 쏟을 줄 안다는 사실이다. 자기 일에 정성을 들일 줄 아는 사람은 대개 애인에게도 정성을 쏟을 줄 안다. 일을 대충 하는 사람은 연애도 대충 하고, 결국 최고의 배우자를 선택할 기회도 놓치게 된다. 정성도 습관이기 때문이다.

주변의 모든 것에 정성을 들이며 에너지를 낭비할 필요는 없지만, 자신에게 가장 중요한 것들에 대해 온 정성을 기울일 줄 아는 사람만이 뭔가를 이루어낼 수 있다. 정성만이 그 대상에 대한 정보와 그 대상을 위해 할 수 있는 일들을 알게 해주며, 결과적으로 그 대상이 나아질 수 있게 만드는 것이다.

한 친구는 자기가 매일 드나드는 사이트에서 로또와 비슷한 방식의 게임을 한다. 숫자를 선택해 정해진 숫자와 들어맞는 수만큼 포인트를 주는 것이다. 그런데 숫자를 무신경하게 클릭할 때보다 신경 써서 하나하나 선택할 때 훨씬 잘 맞더라는 것이다. 순전히 운일 것 같은 일조차 '정성'의 영향을 받는데, 하물며 사람의 의지가 작용하는 일에서야 말할 것도 없지 않겠는가.

당신이 무언가에 자주 실패한다면 정성을 들이는 일에 익숙하지 않은 사람이기 쉽다. 단 한 가지라도 제대로 이루고 싶다면 대충 성의 없게 일을 하면서 '하늘의 뜻에 맡긴다'라고 말하지 말라. 그 '하늘의 뜻'을 움직이는 것이 바로 당신의 정성이다.

어떤 분야에서건 성공한 사람의 무용담에는 해결의 열쇠가 된 아이디어가 반드시 등장한다. 평범한 보쌈으로는 승산이 없다고 판단하고 직화 구이 고기를 써서 크게 성공했다든지, 국내에서는 더 이상 수요가 없는 인조 밍크 담요를 중동에 수출해 큰돈을 벌었다든지 하는 사례들은 모두 결정적인 하나의 아이디어에서 출발했다. 우리는 그런 아이디어를 우연히 발견한 그들의 행운이나, 천재성을 부러워하지만 그런 아이디어 뒤에는 사실, 진정한 의미에서의 노력, 곧 '정성'이라는 비밀이 숨겨져 있다.

진짜 정성은 끊임없는 고민에서 나온다

아동복에 관심이 있던 Y가 인터넷 쇼핑몰을 운영할 때였다. 그녀는 장사가 잘 안 되고 반품률이 높다는 고민을 털어놓았다.

"난 정말 열심히 하는데 경기가 안 좋긴 안 좋은가 봐."

사이트에 들어가 보니 품목도 다양하지 않고, 스킨도 포털사이트가 제공한 것을 그대로 쓰고 있었다. 게다가 상품 소개에 쓰인 사진도 그 옷의 매력을 잘 표현하지 못했다.

나는 그녀에게 "좀 정성을 들여봐" 하고 충고했다. 그러자 그녀는 하루 종일 정신 없이 그 일에 매달려 있고, 할 수 있는 정성을 다하고 있다고 대답했다. 그러나 내가 보기에 그녀는 그 일에 시간을 들이고 있을 뿐 정성을 다하는 것이 아니었다.

판매율이 높은 다른 인터넷 쇼핑몰은 아동복 분위기에 맞는 화면으로 구성되었을 뿐만 아니라 함께 코디하면 어울리는 옷끼리 묶어서 판매하기도 했다. 어디에서 구했는지 비슷하게 코디한 아동 모델 사진까지 실어서 그 옷을 사고 싶어 못 견디게 만들고 있는 것이었다.

Y는 잘되는 쇼핑몰 운영자처럼 '어떻게 하면 더 잘 팔 수 있을까' 하는 고민을 통해 아이디어를 내는 것을 귀찮아하는 것이 문제였다. 걱정을 잔뜩 안고 안절부절못하는 것으로 자신은 최선을 다했다며 자족하고 있었던 것이다.

진짜 정성은 그 대상을 위해 뭘 더 어떻게 할 수 있을까 끊임없이 고민하는 것이다. 당신이 노력을 하는데도 이루어지지 않는다면 아직 때가 되지 않았거나, 진짜라고 착각하고 있는 '가짜 정성'을 쏟고 있거나 둘 중 하나일 것이다. 그저 노력만 할 게 아니라 자신의 노력을 되짚어보는 것. 그것도 20대부터 평생 쌓아 나가야 할 미덕이다.

미모는
인생의
마스터 키

미모를 가꾸는 것도 경쟁력을 키우는 일이다

Y는 성형수술로 자신의 인생이 달라지리라고 기대하지는 않았다. 다만 거울 속에서 자신의 네모난 얼굴을 보지 않을 수만 있다면 살맛 나겠다고 생각했을 뿐이다. 반년 동안 열심히 돈을 모은 Y는 드디어 성형수술을 받았고, 몇 달 후 부기가 가라앉자 '미인'이 되었다. 성형수술로 추녀가 하루아침에 미인이 되는 건 드문 일이지만, 그녀는 꽤 성공적인 케이스였던 모양이다.

외모 콤플렉스 때문에 움츠러든 인간관계를 맺어오던 그녀는 새로운 사람들을 만나면서 이제까지와는 전혀 다른 삶을 경험하게 되었다. 영화나 만화에서나 보던 미녀의 특권들이 실제로 존재한다는 것을 확인하게 된 것이다. 이전에는 감히 바라볼 수도 없던 근사한 남자와 사귈 수 있었고, 분야를 막론하고 면접에서 떨어지는 법이 없었다. 수술을 반대하던 부모님도 이제는 일가친척 경조사가 있을 때마다 은근히 그녀를 데려가고 싶어 했다.

"저 집 딸이 참 예쁘게 컸네. 아주 미인이야."

부모님이 이런 평판을 내심 즐기기 때문이라는 걸 그녀도 알고 있었다.

Y가 미모를 갖춘 뒤로 어떤 일이든 전보다 수월해졌다. 그러다 보니 자신감도 붙어서 전에 포기한 시험을 다시 준비하기 시작했다. 1년 뒤에 그녀는 시험에 붙어 원하던 일자리도 얻게 되었다. 그녀는 이전의 삶으로 돌아간다는 건 상상도 하기 싫다고 말한다.

나는 '외모보다 내면이 중요하다'는 듣기 좋은 말을 늘어놓으며 이 책을 읽는 당신이 명분을 위한 희생양이 되지 않기를 바란다. 물론 외모보다 내면이 중요한 건 사실이지만, 그렇다고 외모가 전혀 중요하지 않은 것은 아니기 때문이다.

다행히도 요즘 20대는 내면과 외양을 동시에 중요시하는 추세다. 껍데기보다 내면이 중요하다며 자신을 가꾸는 일을 소홀히 하는 20대 여성들이 흔한 편은 아니다. 그러나 '시간이 없다'거나 '귀찮다'거나 '돈이 없다'는 핑계로 자신의 외모에 대한 투자를 아까워하는 여자들은 꽤 있다. 피부 관리를 하거나 옷을 사러 다닐 시간에 자기 성공을 위한 다른 투자를 하겠다고 말하는 20대들은 외모에 투자하는 것도 성공을 위한 투자라는 사실을 알아야 한다. 외모가 훌륭한 사람일수록 사회적으로 출세할 확률이 높다는 통계도 버젓이 나와 있지 않은가.

미인의 특권이란 대단한 것이다. 요즘처럼 너나없이 자신의 상품가치를 높이려고 애쓰는 시대에는 비슷비슷한 실력으로 중간층에 포진한 사람들이 너무 많다. 결국 아주 뛰어나지 않는 한 기회에 많이 노출되는 사람이 성공을 잡을 가능성도 커지기 마련인데, 세상은 언제나 미인들에게 기회를 더 많이 준다. 그 기회를 위해서라도 예뻐지기를 권한다. 보이지 않는 불평등 앞에서 개성이라는 말은 구색 맞추기에 불과하기 때문이다.

'미모도 경쟁력'이라는 말은 여성 단체들이 거품을 물고 분개할 만큼 편견이 담긴 말이 아니다. 여자와 마찬가지로 남자도 경쟁력을 갖추려면 외모부터 가꿔야 하기 때문이다.

외모를 가꾸는 것은 인생을 가꾸는 것이다

내가 아는 한 부인은 예순의 나이에도 고운 외모를 유지하고 있다. 아직도 일주일에 두 번은 마사지와 팩을 하고, 화장을 하지 않은 날에도 클렌징을 빠뜨리지 않을 정도로 피부 관리에 신경을 쓴다.

"다이어트는 평생을 두고 해야 하는 거다. 관리하지 않고도 살 안 찌는 여자는 세상에 없다."

늘 딸들에게 이렇게 강조하는 부인은 165센티미터의 키에 평생 53킬로그램을 넘긴 적이 없다.

우리가 가진 편견대로라면, 그 부인은 살림은 나 몰라라 하고 놀러 다니는 데만 열중하며 나이가 무색할 만큼 이기적이고 철없는 여인이어야 한다. 그러나 그녀는 누구보다 자신의 삶과 가족의 삶을 잘 가꾸고 있다. 가족애가 남다른 유복한 가정, 사회적으로 성공한 자식들, 나이보다 젊고 건강한 육체 등 그 시대에 태어난 여인들이 이룰 수 있는 가치들을 몽땅 거느리고 늘 '행복하다'고 말한다.

외모를 가꾼다는 것의 의미는 그저 다른 사람들에게 예쁘게 보여 이득을 얻고자 하는 데서 그치는 것이 아니다. 자신에게 정성을 들이는 사람은 그만큼 자신을 잘 파악함으로써 돋보이는 부분을 알기에 자신감을 갖게 된다.

성형 열풍이나 명품족들을 다룬 르포 프로그램에서는 외모에 집착하다 중독 증세까지 보이는 여자들을 취재하며 법석이지만, 자신감을 외모로 표현하는 대부분의 여자들은 건전하고 건강하고 합리적으로 살아간다.

외모를 가꾼다는 것은 돈보다도 정성과 부지런함이 더 필요한 일이다. 아무리 피곤해도 내일 입고 나갈 옷을 미리 코디해 놓고, 시간을 들여 더 예쁘게 화장하고, 몸매와 건강을 위해 저녁마다 술 마시는 일을 자제하려면 얼마나 절도 있게 생활해야겠는가.

슬럼프에 빠지거나 생활 리듬이 깨진 여자들의 외양이 금세 추레해지는 것을 보면 알 수 있는 일이다. 외모를 가꾸는 여자들이 비합리적이고 충동적으로 살 거라는 생각은 근거 없고 고리타분한 오해에 불과하다.

외모가 곧 그 사람인 시대를 살면서 외모를 소홀히 하는 것은 곧 자기 인생을 소홀히 하는 것일 수도 있다. 예전과는 달리 예뻐지는 것이 건강해지는 것과 동의어가 되고 있는 요즘에는 거친 피부와 비대한 몸매가 점점 더 부정적으로 여겨지고 있다. 앞으로는 외모를 가꾸지 않는 사람을 내면을 가꾸지 않는 사람으로 취급하는 풍토가 더욱 확산될 것이다.

그러나 외모에 무신경하지 말기를 권하는 데에는 보다 더 중요한 이유가 있다.

미국의 한 연구소에서 여성의 외모와 행복감의 관계를 조사한 적이 있다. 결과부터 말하면 '미인'일수록 행복하다는 전제를 충족시킬 만한 어떤 유의미한 결과도 나오지 않았다. 하지만 이 연구결과에서 중요한 것은 객관적인 미인이고 아니고를 떠나 '나는 예쁘다'고 생각하는 여자들일수록 월등하게 행복한 것으로 밝혀졌다는 사실이다. 여자들이 자신을 가꾸고 보다 예쁘다고 생각한다는 것은 분명 외모 자체, 그 이상의 가치를 가지는 일이다. '호박에 줄 긋는다고 수박이 되냐'라는 거슬리는 농이 있지만 호박을 닦고 다듬으면 수박은 못 되더라도 '예쁜 호박'이 된다. 우리에게는 수박이 되는 것보다 예쁜 호박이 되는 것이 더 가치 있는 일이다.

누구나 미인이 될 수 있다

외모에 자신이 없는 독자들은 어쩌면 외모가 경쟁력이라는 말이 자신과는 상관없는 일이라고 생각할 수도 있다. 그러나 오래전부터 유행하던 '원판 불변의 법칙'이라는 조소 섞인 말을 아직까지 의식하고 있을 필요는 없다. 노력만 하면 누구나 '중급 미인'은 될 수 있기 때문인데, 그것은 '미인의 이미지'를 이용하면 가능하다.

사람들이 미녀와 추녀를 구분하는 기준은 조형미보다는 이미지에 있다. 긴 머리, 스커트, 가는 선 등 진부하지만 미녀의 전형에 해당하는 요건들 가운데 자신에게 잘 맞는 부분을 접목시키면 뜻밖의 큰 효과를 볼 수 있다. 다행히 여자들은 얼굴형에 맞는 다양한 머리 모양을 해볼 수 있고, 화장도 할 수 있으며, 짧은 다리를 보완할 수 있는 하이힐을 신을 수도 있다.

'미인다운 행동'은 또한 여자를 미인으로 생각하게 하는 착시 효과를 가져온다. 밝고 부드러운 말투와 표정, 품위 있는 행동이 생활에 배어 있는 여자는 볼수록 예뻐 보인다. 이런 미인다운 행동은 스스로가 예쁘다고 생각할 때 가능하다. 여자들이 화장을 하고 옷을 차려 입은 날 더 예뻐 보이는 이유도 단순히 치장을 해서가 아니라 자신감이 덧입혀졌기 때문이다. 항상 자신을 가꾸고 자신이 예쁘다는 생각으로 살면 미인의 이미지를 자신의 것으로 만들 수 있다.

무엇보다 중요한 것은 온화하고 친절한 마음을 가지려고 하는 자세다. 점점 나이가 들고 사람들을 많이 만날수록 느끼게 되는 사실은 '사람은 생긴 대로 논다'는 것이다. 아무리 조형미가 뛰어난 얼굴이라도 인상이 사나운 여자는 미인이라고 하지 않는다. 좋은 인상은 그대로의 마음에서 나오는 것이다.

'못생겨도 마음이 고와야 하는 것'이 아니라 '마음이 고와야 얼굴도 예뻐지는' 셈이다. 성격이 온화하고 긍정적인 사람일수록 피부가 고울 확률이 높다는 것은 과학적으로도 증명된 사실이다.

여성의 상품화를 우려해서 자신의 외모를 가꾸는 일에 수동적인 20대 여성들이 더 이상 없기를 바란다. 여자가, 아니 사람이 아름다워지는 것은 선(善)이다.

Chapter

7

긍정적인 생각은
지구도 들어올린다

언제나 한 가지만 명심하라. 세상을 움직이는 진짜 주인은 긍정적인 생각을 갖고
사는 소수의 사람들이라는 것을. 당신이 바로 그 소수라는 자부심을 잊지 말아야
한다.

생각을 바꾸면
세상이
나를 중심으로
돌아간다

나를 행복하게 하는 것, 그것이 곧 진실이다

20대가 특히 힘든 건 나름의 철학이 정립되지 않은 시기이기 때문이다. 20대에 힘든 일을 겪으면 세상이 살 곳이 못 된다며 평생 염세주의에서 못 벗어나는 경우도 있다. 세상을 어둡게 보는 시각은 사람을 더 불행하게 만들 뿐이다.

지난날 염세적인 철학이 그 특유의 매력으로 수많은 지식인을 끌어들이던 시대가 있었다. 1990년대 이전에 대학을 다닌 사람들 중에서 니체나 쇼펜하우어에 한 번쯤 매료되지 않은 사람이 없었다고 하니, 세상에 대한 낙관론은 '머리가 텅 빈' 사람들의 대책 없는 태평함 정도로 치부되었을 법하다. 그러나 이제는 젊은이들의 생각이 달라졌다. 요즘 20대들은 골치 아픈 것을 싫어한다.

기성세대들은 요즘 20대들의 이러한 성향의 변화를 걱정하지만 꼭 부정적으로 볼 일만은 아닌 것 같다. 젊은이들은 더 단순해졌고, 예전의 젊은이들보다 자신을 행복하게 할 줄 안다. 이 시대의 20대인 당신은 시대의 축복인 단순함의 토양 위에 '긍정적 사고'를 뿌리기만 하면 된다. 긍정적 사고란 단순함에서 오기 때문이다.

남의 인생철학에까지 간섭하는 것을 부정적으로 여기는 이도 있을 수 있다. 그러나 각론이야 어쨌건 간에 총론은 무조건 '세상은 살 만한 곳이고 나는 행복한 사람이다'라는 내용을 담고 있어야 한다.

사실 진실만을 놓고 보자면 세상은 차라리 태어나지 말았어야 할 끔찍한 곳인지도 모른다. TV 뉴스만 가만히 보고 앉아 있어도 '대한민국, 참 사람 살 곳이 못 된다'는 생각이 드니 말이다. 그러나 진실은 어차피 상대적이고 복합적인 것이다. 이왕이면 당신을 행복하게 하고, 더 나은 기분으로 살아가게 하는 쪽을 진실로 택하는 것이 낫지 않겠는가. 매일 뉴스에 나오는 소식을 보고 심란해하기보다 '웬만해서는 안 일어나는 일이니까 저렇게 뉴스에까지 나오겠지' 하고 생각할 수도 있는 일 아닌가.

정말 실력 있는 점쟁이는 점 보러 온 사람의 나쁜 운은 되도록 말해 주지 않는다고 한다. 예를 들면 자식 복이 없다는 말을 하기보다 '앞으로 자식에게 특별히 신경 쓰고 대화를 많이 하라'는 식의 말을 해주는 식이다. 점쟁이들조차 사람의 운명이 고정적으로 정해지는 것은 아니라고 본다는 말이다. 그들은 사람의 의지에 따라 바뀔 수도 있는 운을 그 말 한마디로 '기정사실화'할까 봐 염려하는 것이다.

어쩌면 진실이 먼저 존재한다기보다는 누군가 생각하고 믿는 바가 곧 진실이 되는 것인지도 모르겠다.

성공한 사람이 긍정적인 것이 아니라 긍정적인 사람이 성공하는 것이다

매사에 불평이 많은 한 친구에게 용기를 내어 충고한 적이 있다.

"내가 만난 성공한 사람들은 예외 없이 유쾌하고 긍정적이더라. 너도 되도록 긍정적인 말과 생각을 하려고 노력해 봐."

그러자 그녀는 뭘 모른다는 말투로 내 말을 받았다.

"그게 다 그들이 성공한 사람들이라서 그런 거야. 내가 그만큼 성공해서 잘살아봐, 긍정적이지 말라고 해도 저절로 긍정적이 되지."

친구에게 말한 대로 나는 현실적 장애를 뛰어넘어 대단한 성취를 이루었거나 성취 없이도 행복한, 그래서 더 대단한 사람들을 많이 만나 왔다. 그들은 몇 가지 기준으로 어설프게 묶어버릴 수 없을 만큼 다양한 각자의 철학과 삶의 방식을 가졌지만 한 가지만큼은 감히 공통점이라고 말할 수 있는 특성을 갖고 있었다. '어쨌거나 긍정적'이라는 것이다.

그들 중에는 처음부터 불만 없을 만한 여건에서 출발한 사람들도 없지 않았다. 하지만 대부분은 나라면 도무지 감당 못했을 것 같은 상황 속에서도 긍정을 놓지 않은 사람들이었다. 물론 그들도 처음부터 끝까지 항상 세상을 장밋빛으로 볼 수는 없었고 힘들 때면 더러운 세상을 욕하고 저주했지만 결국 마지막에 택한 건 긍정이었다. 그들은 여건이 좋았기 때문에 긍정적일 수 있었던 게 아니라, 긍정적이었기에 여건이 좋아질 수 있었던 것이다. 잠깐의 성공은 긍정 없이도 우연히 다다를 수도 있다. 그러나 그것을 유지하고 반듯이 서기 위해서는 꼭 긍정적이어야 한다. 그래야 어떤 여건에서도 행복할 수 있고, 언제건 상황이 나빠지더라도 그것을 나아지게 할 에너지도 만들 수 있다.

세상을 움직이는 진짜 주인은 바로 긍정적인 당신이다

사람의 말과 생각이라는 것은 당신이 상상하는 것 이상으로 큰 위력을 갖고 있다. 입으로 좋은 일이 생길 거라는 말을 하고 또 그렇게 생각하면 그대로 실현되는 경우가 많다. 언어는 영혼의 현신이다. 우리는 생각하는 것을 말하기도 하지만 말하는 대로 생각하게 되기도 한다. 그렇기에 인생이라는 길을 걸어가는 사람의 발걸음은 자신도 모르는 새 말과 생각이 안내하는 방향으로 향하게 되어 있는 것이다.

"나는 하는 것마다 되는 일이 없어."

이런 말을 입버릇처럼 하는 사람은 정말로 하는 일마다 안 되게 되어 있다. 딴에는 정말로 실패했을 때의 실망을 희석시키기 위한 방어기제를 쓰는 것이라지만, 그렇게 말하는 사람은 된다고 생각하고 준비를 해놓는 사람보다 실제로 '될 만한 그릇'이 못되는 경우가 많다.

온갖 과학적이고 객관적인 근거들을 끌어모아놓고 내릴 수 있는 뜻밖의 결과는 긍정적인 말이 마법에 가깝다는 것이다.

이 사실을 깨닫지 못한 많은 사람들은 자신이 바라는 것과 정반대의 말을 하고 최악의 상황을 가정한 상상만 한다. 안 좋았던 기억을 머릿속에서 끊임없이 반복 재생시킨다. 그러니 불만스러운 오늘을 꼭 닮은 내일이 올 수밖에 없는 것이다. 내 인생이 좋은 방향으로 흘러가기를 원한다면 좋은 쪽으로 에너지를 집중해야 한다.

그러나 주변을 둘러보면 긍정적으로 생각하며 살아간다는 게 얼마나 어려운 일인지 순간순간 절감하게 된다. 우리를 둘러싸고 있는 환경은 그만 애쓰고 부정적인 현실을 순순히 받아들이라고 속삭이는 것 같다. 대부분의 사람이 그러하듯 부정적인 세계관에 동참하는 게 '현실을 깨닫고 어른이 되는 것'이라는 생각이 들 수도 있다. 그러나 긍정적인 것이 더 현실적인 것이다. 내게 이익이 되는 쪽을

택하는 게 언제나 현실적인 선택으로 불리지 않던가.

언제나 한 가지만 명심하라. 세상을 움직이는 진짜 주인은 긍정적인 생각을 갖고 사는 소수의 사람들이라는 것을. 당신이 바로 그 소수라는 자부심을 잊지 말아야 한다.

긍정적인 에너지를
끊임없이
충전하는 법

긍정적으로 읽고 쓰고 말하라

사실을 말하자면, 당신의 주변 사람들과 상황들은 언제나 당신이 비관적으로 말하고 생각하도록 충동질한다. 사람들은 남이 잘 안 된 이야기를 더 좋아하고, 당신이 뭔가 새로운 시도를 하려고 하면 온갖 실패 사례들을 열거하며 그 자리에 주저앉히려고 한다. 사람들에게는 주변 사람들이 자신과 같은 위치에 머물기를 바라는 심리가 있기 때문이다.

신문들은 끔찍한 봉변을 당한 사람들의 소식에만 열을 올리고, 더 많은 사람이 아무 일 없이 잘산다는 사실에는 관심이 없다. 그뿐만이 아니다. 회사에서, 거리 곳곳에서 당신의 심기를 건드리고 짜증나게 하는 사람들은 또 얼마나 많은가.

무방비 상태로 있으면 긍정적인 생각으로 살자는 다짐을 한 지 하루가 지나기도 전에 기진맥진 포기하게 되기 십상이다. 그러나 긍정적인 마음은 더 나은 미래를 위해서 필요한 데다 현재를 즐겁고 행복하게 살기 위해서도 반드시 있어야 하므로 포기할 수 없는 것이다. 그래서 긍정적인 사고를 유지하기 위한 노력이 필요하다.

자신의 길에서 무언가를 찾아낸 사람들의 수기에는 긍정적 에너지가 넘치고, 많은 실용서들은 '할 수 있다고 생각하면 정말 이루어진다'고 싫지 않은 바람을 불어넣는다. 내 마음을 긍정적으로 다스리는 첫 번째 단계는 이런 책들을 읽어서 마음의 틀을 잡는 것이다. 어찌 보면 가장 쉽고 효과적인 방법이다.

그다음은 책들에서 소개한 마인드 컨트롤의 방법들을 실천해 보는 것이다. 매일 거울을 보고 "너는 대단한 사람이야"라고 백 번을 넘게 말해도 좋고, 역할모델이 되는 사람의 사진을 붙여놓고 매일 들여다봐도 좋다. 내가 가장 권하고 싶은 방법은 '긍정 일기'를 쓰는 것이다.

사람들은 보통 일기를 쓸 때 속상한 일을 넋두리하듯 적어 내려간다. 그렇게 쓴 일기는 유치하고 낯 뜨거워서 나중에 다시 보기 싫은 경우가 많다. 빨리 잊을수록 좋을 감정들을 굳이 기록으로까지 남기려는 이유를 모르겠다. '긍정 일기'란 말은 내가 임의로 만든 용어인데, 말 그대로 하루에 일어난 일 가운데 좋은 일들, 또 자신이

소망을 글로 적어두면 마음속에 막연히 담아두기만 할 때와 달리 현실과 맞닿아 화학 작용을 일으키는 것 같다. 그 화학작용의 촉매는 그렇게 될 수 있다는 믿음이다.

기대하고 있는 좋은 일들만 적는 일기다.

비관론의 유혹을 아무리 강하게 받은 우울한 날이라도 이런 일기를 쓰고 나면 기분이 한결 좋아진다. 그리고 다음날을 다시 긍정적으로 살 힘을 얻게 된다. 더 중요한 것은 이 일기에 적은 '기대되는 일들'이 시간이 지나 실제로 이루어지는 경우가 많다는 점이다. 소망을 글로 적어두면 마음속에 막연히 담아두기만 할 때와 달리 현실과 맞닿아 화학작용을 일으키는 것 같다. 그 화학작용의 촉매는 그렇게 될 수 있다는 믿음이다.

국내 최고의 스타라고 자타가 공인하는 실력파 뮤지컬 배우의 인터뷰를 본 적이 있다. 그녀는 인터뷰를 마무리하며 이런 말을 남겼다.

"꿈은 반드시 이루어집니다. 그런데 그 꿈에 대해 가끔 생각하면 안 되고요, 매일 하루도 빠짐없이 생각해야 해요."

그 방법이 자기 최면이었건 긍정 일기였건, 그녀는 매일 긍정적인 사고를 충전하며 살았음에 틀림없다.

자신을 부정적이 되도록 방치하지 말라

긍정적인 사고방식을 유지하기 위해서는 부정적인 사람들과 깊이 교감해서는 안 된다. 부정적인 감정은 긍정적인 감정보다 훨씬 전염성이 강하기 때문에 기껏 충전해 놓은 에너지가 단번에 방전

되어버릴 수도 있다.

항상 뭔가가 '된다'고 생각하며 도전하고 노력하는 사람을 만나 그들의 에너지를 나누어 받아라. 그들의 도전을 격려해 줌으로써 당신 자신도 그들에게 '만나서 좋은 사람'이 되어줘라. 주변에 긍정적인 사람이 많으면 서로가 승승장구하게 되어 있다.

몸이 괴로우면 제아무리 노력해도 짜증 나고 부정적이 되기 마련이다. 아픈 몸으로 이를 악물고 일을 해야 하는 일이 없도록 평소 건강관리를 잘해두어야 한다. 그래도 몸이 아프다면 다 멈추고 드러누워 실컷 앓는 것이 낫다.

자신이 해야 하는 일을 몰인정하고 괴로운 생업으로 전락시키지 말라. 그렇게 일하는 것을 책임을 다하는 것이라고 생각하고 끝까지 버티면 항상 '먹고살기 힘든 세상'을 원망하며 일을 할 수밖에 없다.

똑똑한 여자들은 자신을 엄격하게 대하되 가혹하게 내몰지 않는다. 즐기면서 사는 인생이 아니라면 의미가 없다는 것을 알기 때문이다.

최악의 슬럼프에서
나를 구하는
비법

나쁜 일은 언제나 겹쳐서 온다.

뭔가가 안 풀리기 시작하면 불운은 줄줄이 계속된다. 굳이 따지자면 먼저 생긴 안 좋은 일 때문에 다른 일을 제대로 처리 못해 또 다른 사고가 터지거나, 컨디션이 좋지 않아서 평범한 일도 큰 불운으로 여기게 되는 것 같다. 여하튼 이런 설상가상의 상황들은 우리를 때로 재기 불능의 패닉 상태로 몰아가기도 한다.

이럴 때 가장 큰 문제는 다시 기운을 내서 열심히 살아가고 싶은 생각조차 들지 않는다는 것이다. 일도 하기 싫고, 쉬기도 싫고, 놀기도 싫고, 숨쉬기도 싫다. '시간이 지나면 괜찮아지겠지' 하고 생각해 보기도 하지만, 그대로 방치하면 생각보다 이 기간이 훨씬 길어진다. 슬럼프가 길어지면 그대로 주저앉는 수가 있다.

고난은 어른들의 말씀처럼 그저 시간이 흐르면서 고이 지나가주는 장마가 아니다. 회복의 노력이 더해지지 않은 고난은 태풍처럼 상처를 남긴다. 세월은 그 상처를 서서히 아물게 할 뿐이다. 우리가 선택할 수 있는 최선은 상처를 남기지 않는 것이다.

최악의 슬럼프를 극복하기 위해서는 먼저 죽음만큼이나 깊은 자아의 밑바닥으로 추락하는 경험이 필요하다. 그 과정은 아이를 낳는 과정과 흡사하다. 나는 출산할 때 내 예상과는 전혀 다른 종류의 고통에 아연실색했다. 아이를 낳을 때 아프다는 것은 삼척동자도 다 아는 일이고 나도 그만한 각오는 하고 있었지만, 그냥 참고 지나가기를 기다린다고 없어지는 종류의 고통이 아니었다. 그 고통의 와중에도 '힘을 주는' 방법을 즉석에서 터득해 적극적으로 고통을 받아들여야 아기가 빨리 나오고 고통도 끝나는 것이다. 그런 사실을 받아들이기 전의 나는 '대충 견디다 보면 아기가 나오겠지' 하는 생각으로 가만히 고통을 견뎠다. 하마터면 고통만 더 길어지고 아기도 위험해질 뻔했다.

고난은 고통의 한가운데로 뛰어들어 정면돌파할 때 가장 빨리 이겨낼 수 있다. 산모가 '차라리 죽는 게 덜 아프겠다' 싶을 정도의 고통을 자초할 때 그 정점에서 해방되듯이 말이다.

먼저 자신을 힘들게 하는 문제 속으로 뛰어들어 마음껏 고통스러워하고 눈물 쏟으며 통곡을 해보자. 우는 게 쉽지 않다면 슬픈 영화를 보거나 책을 보면서 눈물샘을 터주는 것도 좋다. 푸닥거리를 하듯 한 차례 이런 과정을 거치고 나면 지독한 무기력에서 일단 벗어날 수 있을 것이다.

사람은 누구나 자신을 달래는 법을 알고 있다

마음껏 침잠해서 감정의 밑바닥까지 내려가보았다면, 그 다음부터는 문제를 잊고 적극적으로 자신을 달래기 시작해야 한다. 슬럼프에 빠졌을 때는 아무것도 하기 싫기 때문에 그 무엇도 자신을 기쁘게 할 수 없다고 여기지만, 실은 그렇지 않다.

따지고 보면 나를 기분 좋게 하는 일들이 많고, 누구보다 내가 그것을 잘 알고 있다. 맛있는 커피를 마신다든지, 보기만 해도 기분이 좋아지는 배우가 나오는 영화를 본다든지, 길거리에서 싸구려 액세서리를 골라보는 것처럼 사소하지만 나를 기분 좋게 할 일은 얼마든지 많다. 처음엔 별로 내키지 않아도 일단 억지로라도 엉덩이를 일으켜 실천하고 나면 한결 기분이 나아진다.

그리고 친구들을 활용하라. 친구에게 위로를 받으라고 하면 대개 이기지도 못할 술을 퍼마시고 폐인 행세를 하는 모습을 떠올리기 쉽지만, 그런 행동이 슬럼프를 극복하는 데 별 도움이 되지 못한다는 것은 경험해 본 사람이 더 잘 안다. 그보다는 친구와 함께 즐거운 시간을 보내려고 애쓰는 편이 훨씬 낫다.

함께 있으면 가장 기분이 좋아질 만한 사람에게 전화를 걸어 약속을 잡자. 분위기 좋은 바에서 가볍게 한잔할 수도 있고, 코미디 영화를 보거나 쇼핑을 해도 좋다. 10대들 사이에서 아이돌 공연을 보며 소리를 질러도 되고, 클럽에서 신들린 듯 춤을 추어도 좋다. 평소 인생에 불만이 많은 친구가 위로를 가장해 늘어놓는 자기 한탄을 들어주어야 하는 상황만 피하면 된다.

이때 주변 사람들이 먼저 손을 내밀어 슬럼프에 빠진 당신을 위해 위문 공연이라도 해주길 기다리다 보면 자칫 당치도 않은 소외감을 느껴 기분이 더 나빠질 수 있다. 아무리 친한 친구라도 미처 당신의 상황을 이해 못해 먼저 배려할 수 없는 경우가 있다. 힘들더라도 당신이 먼저 연락하라.

단, 자신이 힘들 때 누군가에게 기대고 싶다는 생각은 처음부터 버리는 것이 좋다. 세상 어느 누구도 남의 인생의 무게까지 감당할 정도로 녹록한 삶을 사는 사람은 없다. 당신이 지나치게 기대오고 있다고 느끼는 그 순간부터 친구가 휴대전화에 뜨는 당신의 전화번호를 부담스러워할 수도 있다는 것을 명심하라. 사람을 통한 위로란 힘들 때 곁에 있어주는 그 사람의 존재 자체에 감사할 수 있어야만 효과가 있다는 것을 잊지 말라.

화가 난 애인을 달래려고 애를 쓰면 곧 마음이 풀리듯, 의욕을 잃은 당신의 마음도 정성을 다해 달래면 기운을 차린다. 스스로를 정성을 다해 다독여서 세상이 살 만하고 재미있는 곳이라는 사실을 기억하게 해주자.

자신을 잘 다독일 줄 아는 사람이 바로 세상을 컨트롤할 수 있는 사람이다.

긍정적인 생각을
남에게 납득시키려
하지 말라

좋은 생각은 혼자만 간직하라

C는 최근 외국의 어느 강사가 쓴 자기 혁신 서적을 읽고, 긍정적인 마음가짐과 할 수 있다는 자신감만 있으면 인생을 얼마든지 바꿀 수 있다는 주장에 감명을 받았다. 책에 나온 대로 생각을 바꾸자 정말 인생이 달라 보이기 시작했다. 또 그런 마음가짐으로 처리한 몇몇 일들이 실제로 성과를 보이기도 했다. 신이 난 C는 점심시간을 이용해 동료들에게 자신의 경험담을 이야기 했다.

"긍정적으로 생각하는 거? 좋지. 나도 한때 그런 기분으로 살아봤는데, 세상이 그리 만만치 않더라고. 일주일도 안 되어서 제자리로 돌아왔지 뭐."

"너 참 순진하다. 세상이 그렇게 만만한 줄 아니? 당장 오늘만 해도 부장님 때문에 쓸데없이 야근하게 생겼잖아. 이러고도 좋다, 좋다 생각하고 있으면 그게 정상이니? 웬만큼 상황이 좋을 때 그런 마음도 가질 수 있는 거야."

이런 정도로 대꾸나 해주는 사람은 그나마 나은 편이었다. 대부분은 아예 흘려듣거나 피식 웃어버렸다.

뭐라고 더 설득력 있는 말을 해보고 싶었지만, 그들의 냉담한 반응에 할 말이 생각나지 않았다. 따지고 보면 그들의 말도 틀리지 않았기 때문이다. C는 '긍정적인 생각'을 하고 살자는 애초의 다짐과는 달리 아주 기분이 나빠져 버리고 말았다. 그날 C는 실수를 해서 상사에게 크게 혼나고 축 처진 어깨로 집에 오면서 중얼거렸다.

"그래, 항상 좋은 쪽으로만 생각할 수 있으면 그 많은 사람들이 왜들 그러고 살겠어? 다 부모 잘 만나고 팔자 좋은 사람들이 하는 얘기지."

사람들이 악의를 가지고 일부러 C를 좌절시킨 건 아니다. 그들 입장에서 진실로 믿고 있는 말을 했을 뿐이다. 긍정적인 사고방식이라는 것은 사랑만큼이나 추상적이다. 세상에 꼭 필요하고 세상을 움직이는 원동력인 것만은 분명하지만, 그 메커니즘을 논리적으로 설명하기란 쉽지 않다.

긍정적인 사고의 힘은 오로지 그것으로 성공한 사람의 업적에 의

해서만 결과적으로 증명될 수 있다. 당신이 크게 성공한 사람이 아니라면 아무리 긍정적 사고의 힘을 설파해 봤자 타인에게는 능력 없는 자의 자위로만 비칠 뿐이다. 그들은 당신의 현재 처지만 볼 뿐 긍정적 사고로 쌓여가는 당신의 가능성은 보지 못하기 때문이다.

다른 사람들에게 노출된 긍정적 생각들은 대부분 상처를 받는다. 당신의 내면에 간직되어 있을 때는 숨겨진 보석처럼 빛을 내는 꿈이 밖으로 드러났을 때 얇은 유리 조각처럼 초라해 보이는 이유가 거기에 있다.

당신이 세상을, 그리고 자기 자신을 긍정적으로 바라보고 그런 자세로 꿈을 이루기로 작정했다면, 그 모두를 당신만의 비밀로 간직해야 한다.

부정적인 생각은 논리로 제압되지 않는다

자신이 갖고 있는 긍정적인 생각을 다른 사람에게 납득시키려 한다거나, 긍정적 사고를 스스로 납득하기 위해 논리를 이용하려 하지 말라. 긍정적인 사고는 출발선부터 논리적으로 우위를 증명하기 어렵게 되어 있다.

긍정적 사고는 아직 일어나지 않은 미래를 움직이기 위함이지만, 부정적 사고는 대부분 이미 일어난 일을 바탕으로 하기 때문이다.

예를 들어 당신이 디자이너로 성공하고 싶다는 꿈을 갖고 있다고 가정했을 때, 긍정적인 사고 쪽으로는 '열정이 있다면 할 수 있다' 정도로 함축될 수 있는 게 전부다. 그러나 부정적인 방향으로는 다음처럼 삼단논법의 구성까지 가능해진다.

'수상 경력이 화려한 사람들도 떨려나는 게 이 업계다. 나는 수상 경력이 없다. 그러므로 나는 당연히 성공할 수 없을 것이다.'

진실을 뒷받침할 수 있는 예도 부정적인 쪽이 훨씬 풍부하다. 세상에는 성공보다 실패가 양적으로 훨씬 많다. 여러 번의 실패가 단 한 번의 성공을 위한 과정이니 당연한 일이지만, 눈에 보이고 손으로 만져져야 믿을 수 있는 우리 같은 사람들에게는 실패 쪽이 훨씬 설득력 있어 보인다.

20대들은 성공한 인생을 사는 사람들이 뭔가 심오하고 복잡한 가치관을 가졌을 거라고 생각하기 쉽다. 그러나 나이가 들수록 현명해지는 사람들의 특징은 '단순해진다'는 것이다.

정교한 논리로 무장한 그 누군가가 무기력과 절망을 설득시키려 한다 해도 단 한 가지 명제를 잊어서는 안 된다.

'긍정적인 생각을 가진 사람이 모두 성공하는 건 아니지만, 성공한 모든 사람은 반드시 긍정적인 세계관을 가졌다.'

유치한 사람들과 어울려라

'유치하다'는 사전적으로 '생각이나 하는 짓이 어리다'라는 뜻이다. 사전적인 의미와 별개로 어린이가 아닌 사람의 말이나 행동을 두고 이런 말을 하는 것은 대단히 실례가 되는 일이다. 듣는 사람 입장에서는 욕설이나 다름없는 말이다.

그런데도 불구하고 이런 말을 습관적으로 자주 쓰는 사람들이 있다. 그들은 뭔가를 두고 볼 때, 조금이라도 마음에 들지 않으면 '유치하다'고 쉽게 평가한다. 그런데 실상 유치하다는 말을 쉽게 내뱉는 사람치고 인격이 성숙한 사람은 거의 없다. 사람은 나이가 들고 성숙할수록 다른 사람을 폄하하는 말에 대해 조심스러워지기 때문인 것 같다.

유치하다는 말 쓰기를 두려워하지 않는 여자들은 특히 긍정적인 사람에 대해 유치하다는 평가를 아끼지 않는다. 그들에게 유치하지 않은 것은 자신의 마음에 안 드는 대상을 속 시원히 깎아내리는 언행이다.

좀 더 나은 인생을 살고 싶다면 차라리 그들의 비난을 감수하고라도 유치한 사람이 되고, 또 유치한 사람들과 어울려라. 세상을 동화책이나 동요에 나오는 것처럼 맑고 밝게 받아들이려고 애쓰는 사람들과 어울려라. 그들이 세상의 험한 이면을 몰라서, 사고 수준이 낮아서 그러는 것이 아니다. 대화를 해보면 그런 사람일수록 세상을 바라보는 시야가 넓고 깊다.

그들은 그런 삶의 방식이 인생을 좀 더 살 만하게 만든다는 사실을 잘 알고 있다. 이런 가치 체계가 잡혀 있는 사람들의 '유치한' 말과 행동은 철없는 이들의 타인을 배려하지 않는 언행과는 다르기 때문에 보는 사람으로 하여금 눈살을 찌푸리게 하지 않는다.

따지고 보면 행복의 본질도 어린아이처럼 즐거워하는 것, 곧 유치함에 근접하는 것이 아니겠는가. 세상에는 '쿨하다'는 찬사를 포기하고 얻을 수 있는 행복이 꽤 많다. 그런 사실을 알고 실천하는 사람들과 함께 있다 보면 나 자신도 유치하지만 행복한 사람이 될 수 있다. 어디까지나 '행복은 전염되는 것'이니까.

돈 있는 여자는
아름답다

20대는 아직 다른 사람을 부양해야 할 시기가 아니다. 희생이 아닌 투자를 하라.
돈에 대해 관심을 가지고 대략의 경제 흐름에 안테나를 세우고 있다면 적어도 돈
때문에 불행해지는 처지에는 놓이지 않게 될 것이다.

밉지 않은
이기주의자가
되라

내 곳간이 넘쳐야 옆집 배곯는 소리도 들린다

그녀는 집안 형편이 몹시 어려웠다. 부모님은 그녀가 대학에 진학하는 걸 부담스러워하며 고등학교를 졸업해 집안 살림에 보탬이 되어주기를 은근히 바랐다. 그러나 그녀는 기어이 대학에 갔고, 장학금과 아르바이트 수입으로 학교 생활을 근근이 해나갔다.

2년 뒤에 남동생이 대학에 진학하자 부모님은 입학금이 모자라다고 그녀에게 휴학을 종용하면서 모아둔 등록금을 내놓으라고 했다.

별다른 계획도 없이 무작정 휴학을 할 수는 없다고 버텼고, 등록금을 내고 남는 얼마간의 돈을 보태겠다고 말했다. 부모님은 결국 다른 곳에서 돈을 융통해 남동생의 입학금을 마련했다. 그녀는 '독한 것', '자기밖에 모르는 이기적인 것'이라는 말을 들어야 했다.

그렇게 힘들게 대학을 졸업해 간호사가 된 지 6년이 지났다. 어느 날 그녀는 부모님에게 거금 4천만 원을 내놓으면서 좀 더 넓은 집으로 이사하자고 말했다. 깜짝 놀란 부모님은 통장을 되내밀었다.

"그러지 말고 네 결혼 자금이나 해라."

부모님의 말에 그녀는 웃으며 대답했다.

"내가 그런 돈도 준비 안 해두고 이 돈을 내놓을 것 같아요?"

자신의 말대로 그녀는 자기 몫으로도 이미 충분한 돈을 마련해놓고 있었다.

그 후 그녀는 두고두고 '효녀' 소리를 들으며 살고 있다.

20대의 가장 큰 짐 중 하나는 아직 능력이 여물지도 않았는데 도움을 바라는 손길이 늘어난다는 것이다. 수많은 20대가 이제 다 키웠다고 맘놓고 의지하기 시작하는 부모님과 동생들 때문에 허리가 휜다. 벌이 없이 공부만 하는 남자친구는 밑 빠진 독에 물 붓는 것처럼 보람 없이 기진맥진하게 만든다. 그러나 그렇게 해서 돌아오는 것은 '기특하다'는 일시적인 칭찬과 텅 빈 통장, 그리고 암울한 미래뿐이다.

20대는 아직 다른 사람을 부양해야 할 시기가 아니다. 자기 자신의 앞가림부터 해놓고, 내 곳간부터 채워놓고 다른 사람의 살림을 들여다봐야 한다.

희생이 아닌 투자를 하라

희생은 거룩한 것이다. 그런데 그 희생이 진정한 의미를 가지려면 대가를 바라지 말아야 한다. 고시 공부를 하는 동생을 뒷바라지하면서 나중에 덕 보기를 바라는 희생은 아무 가치도 없다. 동생이 검사가 되고 출세해 배은망덕할 수도 있기 때문이다.

"나는 아무것도 바라는 게 없어"라고 말하는 것은 오만이다. 아무런 대가 없이 희생을 하는 것은 결코 쉬운 일이 아니다. 사랑 가운데 최고로 지고지순한 부모의 사랑조차 자식 덕 보려는 욕심으로 일그러지는 것이 보통인 세상이다. 당신이 마더 테레사의 마음을 가지지 않은 이상, 희생을 했는데도 대가가 돌아오지 않으면 언젠가 반드시 후회가 밀려온다. 대체 그동안 누가 무슨 근거로 이 어려운 희생을 여성의 미덕이라고 규정짓고 강요해 왔는지 알 수가 없다.

그러나 자신에게 투자하는 것은 다르다. 의무감과 희생 정신으로 주변 사람한테 소진해 버릴 자원을 자신에게 쏟아부으면 나중에 그 주변 사람들에게도 덕을 끼치게 되어 피차 좋은 일이 된다.

당장 '이기적인 여자'라는 소리를 듣더라도 가장 먼저 당신 자신의 성장을 위해 투자해야 한다. 첫 월급으로 부모님 옷은 못 사더라도 결심했던 영어 학원 등록은 악착같이 하고, 남자친구의 급한 리포트를 대신 써주는 일보다 당장 오늘 저녁 스터디 모임을 선택할 줄 아는 여자가 나중에 사랑하는 사람에게 더 큰 도움을 줄 '큰손'이 될 수 있다.

　사랑이 많은 사람들은 언제나 자기 자신을 가장 사랑한다는 사실을 기억하자.

20대의 경제 개념, 생각부터 고쳐라

지금 정신을 차리면 평생 풍족하게 살 수 있다

언제나 화두는 돈이다. 일을 해도, 휴가를 계획해도, 연애를 해도, 부모님 생신을 준비해도 돈 이야기부터 나오게 된다. 그 이유는 돈이 세상에서 가장 소중해서가 아니라 소중한 가치를 구현하는 수단이 언제나 돈이기 때문이다. 새삼스러운 이야기는 아니지만 행복하게 살려면 반드시 돈이 넉넉해야 한다. 이에 대한 수많은 연구 기록들에 의하면 일정 수준까지는 분명 돈과 행복은 비례한다.

그런데 20대 여자들은 아직 돈에 대해 공부할 생각들이 별로 없는 것 같다. 그 좋은 돈을 내 편으로 만들기 위해서 공부가 필요하다는 생각을 하고 있는 20대 여자들을 만나본 적이 거의 없다. 여러 말 할 것 없이 나도 그랬다.

당신도 혹시 큰돈을 쥐려면 부자 부모를 만나거나, 부자 남편을 잡거나, 아니면 로또에 당첨되는 수밖에 없다고 생각하는가? 셋 다 여의치 않으니까 '내 인생에 돈 복은 없나 보다' 하고 버는 대로 쓰고 있지는 않은가?

20대는 돈을 벌기 시작하면서도 가장 돈 쓸 일이 없는 때다. 철마다 옷 장만하랴 인간관계 유지하랴 돈 쓸 일이 얼마나 많은데 도대체 무슨 말이냐고 의아하겠지만, 서른 넘어 독립하거나 결혼을 해서 단지 먹고 자는 데 얼마만큼의 돈이 흔적도 없이 증발되는지 알고 나면 경악할 것이다. 부모님이 먹여주고 재워주는 20대부터 재산 관리에 들어가면 30대부터 시작되는 고단한 인생을 덜 힘들게 살 수 있고, 평생 돈의 주인이 되어 돈을 부리면서 살 수 있다.

얼마 전 회의를 하다가 재테크 얘기가 나왔다. 나는 그 자리에서 또랑또랑한 20대 여직원에게 지나가면서 한마디했다.

"○○씨는 20대시잖아요. 빨리 정신 차리세요."

그러자 그녀는 무심히 고개를 끄덕이며 대답했다.

"예에…… 저축 열심히 해야죠."

나는 그녀에게 경제 개념이 별로 없다는 것을 단박에 알 수 있었다. 개념이 있다면 이런 식으로 대답했어야 한다.

"그렇지 않아도 얼마 전 가입한 비과세 신탁 한도가 넘쳐서 어쩔

까 생각 중이에요. 다른 방법을 알아보려고요. 말 나온 김에 여쭤볼 게요. 2005년에 들어놓은 장기복리 저축성 보험이 4프로 고정금리인데 만기까지 그냥 둘까요? 아니면 해지할까요?"

돈을 벌고 모은다는 것을 단순히 있는 돈을 저축한다는 것으로 여기는 사고는 곤란하다. 돈을 부리면서 살려면 좀 더 복잡한 지식이 필요하다. 돈을 부리고 사는 것이 내 삶을 살찌우는 거라고 생각하면 그리 복잡할 것도, 어려울 것도 없다. 돈 잘 버는 남편을 얻고 싶은가? 어떤 남자가 돈을 잘 벌고 부모로부터 물려받은 재산을 잘 굴리며 살 수 있는지 알려면 우선 돈에 대해 공부를 해야 한다. 돈 공부는 어떻게 해야 하는지 궁금한가? 먼저 서점에 가보라. 경제경영 코너에 가면 경제 마인드를 다룬 책들이 산처럼 쌓여 있을 것이다. 그 많은 책들 가운데 한두 권만 읽어도 총론은 뗄 수 있다.

『플루타르코스 영웅전』을 보면 가난한 것은 부끄럽지 않으나 가난의 원인은 부끄러운 것이라는 말이 나온다. 지금 20대인 당신은 부모에게 물려받은 것이 없고 아직 축적된 재산도 없기에 가난할 수 있다. 지금의 가난은 당신의 책임이 아니다. 그러나 10년 뒤에도 조금도 나아지지 않고 가난한 그대로 있다면 당신은 스스로를 부끄러워해야 한다. 10년 뒤에도 가난한 채로 남아 있지 않으려면 지금부터 성실한 마음가짐을 새롭게 하고 돈 공부도 해야 한다.

지하철에서 경제신문을 진지하게 읽고 있는 20대 여자를 딱 한

첫 월급으로 부모님 옷은 못 사더라도 결심했던 영어 학원 등록은 악착같이 하고, 남자 친구의 급한 리포트를 대신 써주는 일보다 당장 오늘 저녁 스터디 모임을 선택할 줄 아는 여자가 나중에 사랑하는 사람에게 더 큰 도움을 줄 '큰손'이 될 수 있다.

번 본 적이 있는데, 나는 그녀의 앞날에 오색찬란한 광휘가 서릴 것을 믿어 의심치 않는다. 돈을 타고난 여자보다는 돈을 부릴 줄 아는 여자가 더 잘 살게 마련이다.

돈은 자기를 좋아하는 사람을 찾아간다

아마 돈이 싫다고 하는 사람은 없을 것이다.

"누가 돈 좋은 줄 몰라서 못 버나? 나도 벌고 싶지만 안 되는 걸 어떻게 해? 가난이 죄야?"

그러나 가만히 살펴보면 이렇게 말하는 사람들 중에는 정말로 돈을 좋아하지 않는 경우가 많다. 공부할 엄두가 나지 않아서, 골치가 아파서, 귀찮아서, 시간이 없어서 경제적으로 더 나아질 수 있는 가능성을 포기하고 마는 사람을 자주 보게 된다. 그런 사람들은 대개 돈에 대해 부정적인 시각을 갖고 있다.

그들은 투기로 나라 경제를 망치고, 고객을 속여서 이익을 남겨야만 돈을 벌 수 있다고 생각한다. 말하자면 자신들은 정직해서 가난하다는 논리다. 하지만 그것은 18세기 유럽에서 산업혁명 이전에나 통하던 경제 상식이다. 조금이라도 경제 흐름을 이해해 보려고 노력한 적이 있는 사람이라면, 양심만 버리면 돈을 벌 수 있다는 생각이 얼마나 어처구니 없는 것인지 깨달을 수 있을 것이다. 돈에 대해 관심을 가지고 대략의 경제 흐름에 안테나를 세우고 있다면 적어도 돈 때문에 불행해지는 처지에는 놓이지 않게 될 것이다.

누군가가 모처럼 최신 세탁기를 선물받은 상황을 가정해 보자. 세탁기가 삶기와 건조까지 완벽하게 해내는 것을 보고 어떤 사람은 "참 돈이 좋구나. 이렇게 손쉽게 빨래를 할 수 있고" 하고 말한다. 그러나 또 다른 사람은 같은 상황에서 이렇게 말한다. "돈이 원수다. 이렇게 좋은 걸 그동안 돈이 없어서 못 사고 고생스럽게 살았네!"

대개 돈을 잘 벌고 운용하는 사람들은 전자에 해당한다. 돈에 의지해 살고, 또 그것을 벌기 위해 힘들게 일하면서도 돈을 대우해 줄 줄 모르는 사람에게는 돈이 따르지 않는다. 그들은 자신의 태도에 문제가 있다고 생각지 않고, 늘 자신의 '돈복 없음'을 한탄한다.

사람들은 TV 드라마의 단골 스토리대로 평범한 사람이 갑자기 부자가 되면 불행해진다고 믿는 경우가 많다. 아니, 그렇게 믿고 싶어 한다. 그래야 부자로 살지 못하는 자신의 처지를 위로받을 수 있기 때문이다. 물론 실제로 돈이 생기면 분란이 생겨 평화가 깨지는 경우도 있다. 그렇다고 해서 돈이 사람을 불행하게 만드는 것일까?

돈은 사람들의 숨겨진 문제를 떠오르게 하는 성질이 있는 것 같다. 먹고살기 바쁠 때 덮어두었던 문제들이 돈 문제가 해결되면서 수면 위로 떠오르는 것이다. 복권 당첨이 재앙이 되어 이혼한 사람들은 당첨되기 전에도 부부 사이에 문제가 있었을 가능성이 높고,

갑작스럽게 유산으로 상속받은 재산을 탕진하고 폐인이 된 사람은 애초부터 그럴 만한 사람이었던 경우가 흔하다. 숨겨진 문제들이 드러나 폭발할까 봐 두려워서 돈을 나쁘다고 여긴다면, 가난 때문에 그 문제를 어쩔 수 없이 억누르고 사는 건 어떻게 설명해야 할까? 그런 삶을 '가난하지만 행복한 삶'이라고 말할 수 있을까?

외국의 한 설문조사에 의하면, 대부분의 부자는 재산이 늘어날수록 부부 사이가 더 좋아지고 사람들과의 관계도 더 좋아졌다고 대답했다. 지금 돈을 사랑하는 마음부터 다잡아놓아야 30대 이후 돈이 없어서 돈을 원망하고, 또 그래서 더 가난해지는 악순환을 막을 수 있을 것이다.

잘 쓰는 것이
잘 버는 것보다
중요하다

돈도 써본 사람이 더 잘 번다

모순되게 들릴지 모르겠지만 돈을 잘 쓰는 사람이 더 부유하게 사는 경우를 흔히 보게 된다. 여기서 '잘'이란 생각 없이 많이 쓴다는 것이 아니라 같은 값에 최고의 만족감을 느끼게 쓰는 것을 의미한다.

특별한 짠순이를 한 사람 알고 있다. 시급한 경우가 아니면 절대로 택시를 타지 않고, 출금 수수료가 아까워 은행 영업시간 외에는 돈을 찾지 않는다. 그녀는 친구들 사이에서도 알뜰한 짠순이로 소문이 자자하다. 그런데 단 한 가지, 청바지를 유난히 좋아해서 분기

별로 수십만 원짜리 청바지를 한두 벌씩은 꼭 장만한다. 다른 옷은 이월 상품이나 세일 상품을 입어도 청바지만은 반드시 제값을 주고 최신 모델로 사 입는 것이다.

절약이 몸에 배어 있는 그녀의 평소 소비 습관을 아는 사람들은 그녀가 즐겨 입고 다니는 청바지의 가격을 알면 깜짝 놀란다. 그렇게 발발 떨며 모은 돈을 허투루 쓴다고 혀를 차는 사람도 있지만, 그녀는 청바지들을 입을 때마다 그 가격 이상의 가치를 느낀다고 한다. 돈이라는 게 참 좋다는 생각이 들고, 더 많이 벌고 더 많이 모으고 싶어진다고 한다. 실제로 그녀는 일도 썩 잘하는 편이고, 또래들보다 모아놓은 돈도 많다.

비싼 청바지가 제값을 하느냐 못하느냐는 논외의 문제다. 중요한 건 자신을 가장 행복하게 하는 일에 기쁘게 돈을 쓸 능력이 있느냐는 것이다. 아무 생각 없이 눌러대는 휴대전화의 요금, 거래 은행에 가는 게 귀찮아 아무 은행에서 현금을 인출하면서 내는 수수료, 입이 심심할 때마다 습관처럼 마셔대는 밥값 수준의 커피……. 이런 것들이 소리 없이 당신의 통장 잔고를 갉아먹고 있지는 않은가?

콩나물 값은 깎으면서 수백만 원짜리 명품을 사들이는 부잣집 안주인들의 소비 행태를 모순적이라고 꼬집는 글들을 여러 번 본 적이 있다. 그러나 부자들이 콩나물 파는 할머니를 착취한다기보다 원래 부자들의 소비 행태가 그러하며, 또한 그래야 부자가 되는 것이다. 아무리 적어도 소비를 줄일 수 있는 부분은 최대한 줄이고, 자신이 만족을 느끼는 대상에는 그만큼의 대가를 과감히 치르는 식으로 소비 습관이 굳어진 것이다. 남을 쥐어짜서 몇 푼이라도 아끼라는 말이 아니다. 콩나물 값은 깎지 말고 다 내자. 다만 적은 돈이라도 의미 없이 빠져나가는 돈은 없게 관리하는 습관을 들이라는 뜻이다.

일찍 사업을 시작해 나이에 비해 꽤 큰 목돈을 만졌던 B는 같은 또래 친구들이 상상도 할 수 없는 액수의 용돈을 썼다. 왜 이렇게 나가는 돈이 많은지 알 수 없다고 투덜댔는데 그녀를 아는 나도 이해가 되지 않기는 마찬가지였다. 그녀는 사치품에 관심이 있는 사람도 아니었고, 부양할 가족이 있는 것도 아니었으며 저축도 하지 않았다. 그런데 하루는 그녀를 따라 지인들과의 모임에 들르게 되었는데 나올 때 당연하다는 듯이 그녀가 술값을 계산하는 것이었다. 그 자리에는 동기들은 물론 선배들도 있었고, 태반은 그녀가 잘 모르는 사람이었다. 중간에 합류한 그녀가 계산을 할 이유가 없었고, 사람들은 자주 있는 일이라는 듯 그다지 고마워하지도 않았다.

"사정 되는 사람이 계산하면 되는 거지, 뭐~"

그 일을 계기로 그녀가 돈을 어디에 쓰는지 유심히 지켜보게 되었는데 절로 한탄이 나올 지경이었다. 의미 없이 나가는 술값이 너무 많았고, 휴대폰을 바가지 써서 구매해 할부금액이 컸으며, 나이에 비해 터무니없이 비싼 보험료는 꼬박꼬박 통장에서 빠져나가고 있었다.

사업이라는 게 부침이 심하다 보니 몇 년 후 수입이 줄어든 때가 있었고, 여유자금을 비축해 놓지 않은 그녀는 위기를 넘기지 못하고 사업을 접고 말았다. 그녀가 넉넉하던 시절 술을 얻어마시던 그 많은 사람들 중 그 누구도 그녀를 도와주지 않았다.

오랜 시간 사람들을 지켜볼수록 잘 버는 것만큼 잘 쓰는 것도 중요하다는 것을 절감하게 된다. 아무리 많이 벌어들여도 돈이 빠져나가는 구멍이 있으면 결코 돈이 모이지 않으며 경제적 여유도 찾아와 주지 않는 것이다. 반면 적당한 수입이 있고 빠져나가는 구멍을 잘 틀어막는 사람들은 점차 돈과 시간의 역학관계를 이해하고 작은 부자가 되어간다.

하지만 무조건 소비를 틀어막는 게 능사가 아니다. 돈을 벌고 모으려면 그 과정도 행복해야 한다. 지금 당신을 가장 기쁘게 하는 무언가를 찾아내고, 그것이 아니면 다른 곳에는 천 원도 쓰지 않겠다는 생각을 할 수 있어야 하는 이유다. 본격적인 소비가 시작되는 20대에 소비 습관을 제대로 길들여놓지 못하면 평생토록 돈이 쌓이는 소비는 할 수 없다.

백 원 단위로 관리하라

결혼해서 가계부를 쓰기 전까지 대부분의 20대 여자는 지출 내역을 정리하지 않는다. 별 필요성을 느끼지 못하는 게 첫 번째 이유이고, 자꾸 적는 것을 잊어버리거나 귀찮기 때문이다. 그러나 똑같이 1백만 원을 갖고 있다고 해도 어떤 사람은 2백만 원어치 가치로 소비하는가 하면, 어떤 사람은 50만 원어치의 소비를 한다. 아무리 거기서 거기인 사회 초년생의 월급일지라도 '관리'를 해주는 것과 주먹구구식으로 쓰는 것은 천지 차이다.

특히 수입이 고정돼 있는 대부분의 20대는 반드시 지출 목록을 적고, 다음 달에는 전달보다 제대로 쓸 수 있도록 애써야 한다. 어차피 써야 할 돈을 쓰는데 적는다고 뭐가 달라질까 싶겠지만, 몇 달 동안 그저 적기만 해도 고정비용으로 여겨지던 지출마저 줄어드는 것을 발견하게 된다. 내가 어디에 얼마나 쓰느냐를 아는 것이 관리의 시작이다.

정치 자금이니 연예인들 수입이니 사람들 입에 오르내리는 돈의 단위들이 커지다 보니 1~2만 원을 우습게 보는 경향이 있는데, 그런 사고로는 도저히 효율적인 소비를 할 수 없다.

소비를 관리하는 단위는 천 원도 아닌 백 원 단위여야 한다. 백 원조차 아끼려는 마음이 있어야만 1년에 수백만 원을 아낄 수도 있는 것이다. 그만큼 알찬 소비라는 것이 힘든 일이다.

'꼭 이렇게까지 하면서 살아야 돼?'

이런 생각으로 서글퍼할 필요는 없다. 수십억 원을 쌓아둔 부자들도 그렇게 절약하면서 산다. 당신이 베테랑 소비자가 되어서 아껴 모은 돈을 보람 있게 쓰는 경험을 하게 된다면 절약의 습관도 즐거운 일상이 될 것이다.

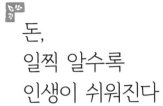

돈,
일찍 알수록
인생이 쉬워진다

돈 굴리기는 아무나 할 수 없다?

대부분의 20대는 월급에서 얼마를 떼어 적금을 붓고, 세일 때 옷을 사고, 이동전화사 카드로 밥값을 할인받는 것이 자신이 할 수 있는 재테크의 전부라고 생각한다. 그래도 남자들은 남들 할 때 주식시장에나 조금 기웃거리기도 하지만, 여자들에게는 주식이니 부동산이니 하는 것들이 생판 남의 나라 이야기다.

만약 당신이 돈 공부에 조금이라도 눈을 뜨게 된다면 그런 '암흑과 무지의 세월' 속에서 1년이라도 더 빨리 벗어나지 못했음을 안타까워할 것이다. 어차피 얼마 되지도 않는 월급, 이리저리 머리 굴려봤자 골치만 아프지 무엇이 다를까 생각할 수도 있다. 단순 계산으로는 연봉 2천만 원 받는 당신이 한 푼도 안 쓰고 모조리 저축해도 10년 안에 1억 모으기 힘든 게 현실이니 말이다. 하지만 투자에 대한 기본 개념을 가지고 저축을 하고, 펀드에 돈을 넣고, 집을 사는 사람은 그렇지 않은 사람과 많은 차이가 난다.

A는 취업만 되면 마음대로 돈을 쓰면서 살게 될 줄 알았다. 그런데 부모님이 '시집갈 때 혼수 비용은 네가 알아서 하라'고 선언한 뒤로 무리해서 시작한 3년 만기 적금 때문에 살맛이 안 난다. 다른 사람들처럼 휴가 때마다 동남아 휴양지로 여행도 가고 싶고, 좋은 옷도 사 입고 싶은데 적금 넣고 남은 돈으로는 생활만 겨우 할 수 있었다.

하루는 오랜만에 만난 선배와 밥을 먹고 일어섰는데, 선배가 유난히 기분 좋게 인심을 쓰며 계산을 하는 것이었다.

"언니, 뭐 좋은 일 있나 봐?"

"응, 어제 입금이 됐거든. 한 2년 투자를 좀 했었어."

"투자?"

선배는 싱글벙글한 얼굴로 A에게 자신의 투자에 대해 이야기해 주었다. 그녀는 회사 내 재테크 동아리에서 만난 사람들과 도심 재개발 주택에 공동 투자를 했고, 얼마 전 근처에 새로 전철이 들어오고 구역 지정이 되면서 땅값이 치솟자 집을 팔아 수익을 나눠 가졌다는 것이다.

A는 선배가 2년 동안 가만히 앉아 번 돈이 자신이 힘들게 저축한

돈의 배나 된다는 사실을 알고 허탈감에 빠졌다. 그 후로 며칠 동안 그녀는 넋 나간 사람처럼 생각하고 또 했다. 자기는 경제신문만 들여다봐도 이게 한글이 맞나 싶을 정도로 뭐가 뭔지 모르는데, 선배처럼 재테크라는 것을 할 수 있을까? 선배처럼 쉽게 돈을 벌고 싶었지만, 그것도 아무나 할 수 있는 일이 아니라는 생각이 들었다. 더구나 섣불리 투자했다가 힘들게 모은 돈이라도 날리면 어쩌나 생각하니 벌써부터 눈앞이 캄캄해졌다.

그녀는 그렇게 한참 동안 자신을 들볶다가 그냥 이제까지처럼 적금을 부으면서 맘 편하게 살기로 작정했다.

혹 당신도 A처럼 일찌감치 재테크를 포기한 상태는 아닌가? 부동산이나 주식이 예전처럼 큰돈을 벌어주지 않는 한국 사회에서 재테크에 대한 지나친 기대와 허황된 욕심은 분명히 금물이다. 저성장 시대의 가장 큰 재테크는 '자기계발'이기 때문이다. 경제적 자유를 얻는 기본은 '아끼고 착실히 모으는 것'임에 틀림없다. 그러나 아직도 잘 찾아보면 그렇게 착실히 모은 돈을 더 큰 부피로 불릴 수 있는 적극적인 방법들이 남아 있다. 그러나 그것은 A의 생각처럼 '쉽게' 돈이 벌리는 일은 결코 아니다. A의 선배는 재테크 동아리 사람들과 틈나는 대로 시간을 투자해 발이 부르트도록 여러 지역을 둘러보았을 테고, 거의 매일 경제신문을 들여다보며 정부의 부동산 정책을 모니터했을 것이다. 공동투자의 위험성을 보완하기 위해 복잡한 법적 장치를 알아보고 적용시켰을 것임은 두말할 나위도 없다. 투자란 결코 잔머리 좀 굴려서 돈을 거저 버는 일이 아니다.

우리나라는 이제 고도성장의 시대를 지나왔기 때문에 70~80년대처럼 5천 원에 산 배 밭이 5백만 원짜리 아파트 부지가 되는 천지개벽할 일은 없을 것이다. 한 뼘의 사무실에서 출발한 닷컴기업의 주가가 하루아침에 수백, 수천 배로 뛰어주는 일도 90년대 말처럼 흔하지 않을 것이다. 이른바 대박을 기대하고 투자를 공부하기 시작한다면 머잖아 실망을 하고 다시 '골치 아플 일이 없는 세계'로 돌아가게 될지도 모를 일이다. 그러나 부동산 가격이 떨어지고 있다고 사람들의 시름이 깊어지는 와중에도 집값이 올라 가외로 이득을 얻은 이들이 있고, 가만히 은행에 누워 있을 돈을 주식과 채권으로 차분하게 굴려 재산 규모를 늘려가는 사람들도 분명히 있다. 그런 사람들이 결국 경제적 자유를 얻게 되는 것이다.

당신이 돈 공부를 금융업계 종사자나 이재에 밝은 사람만 하는 것이라고 여기고 관심을 갖지 않는다면, 젊은 시절 작지만 단단한 부의 기반을 다질 수 있는 가능성을 놓치게 되는 것이다.

만약 당신이 1년 전에 재테크에 눈을 뜨고 종잣돈 만들기부터 시작했다면, 지금쯤 1천만 원 정도의 목돈을 들고 몇 년 뒤 그것을 1천 5백만 원으로 불려줄 방법을 즐겁게 연구하고 있을지도 모른다. 생활비가 따로 안 들어 맘만 먹으면 순식간에 종잣돈을 모을 수 있을 때 남들보다 먼저 재테크에 눈을 뜨면 당신은 결혼 이후부터 재테크를 시작하는 대개의 여자들보다 10년은 앞서갈 수 있다.

금융 공부, 지금 당장 시작하라

사실 돈 공부라는 것은 별게 아니다. 우선 개론서에 해당하는 재테크 서적들을 몇 권 읽는다. 읽으면서 자신이 그동안 얼마나 개념 없이 돈을 쓰며 살았는지를 깨달아야 한다. 그 후부터는 무얼 어떻게 더 공부해야 할지 스스로 찾아가게 되어 있다.

표현은 달라도 재테크 책들에 공통적으로 씌어 있는 말이 있다. 당장 투자할 돈이 없다고 공부를 하지 않으면 나중에 돈이 생기고 기회가 왔을 때도 투자를 못하게 된다는 것이다. 그래서 돈 공부는 아무리 일러도 빠른 게 아니다.

세상에 돈을 안 쓰고 살 수 있는 사람이 없는 것과 마찬가지로 '돈 공부에 맞지 않는' 사람도 없다. 나는 지금도 돈 개념이 전혀 없어 보이는 20대들을 보면 '빨리 정신 차리라'고 말한다.

결혼을 운명에
맡기지 말라

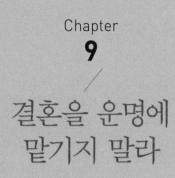

당신이 당당하게 결혼할 수 있는 처지가 아니라면, 어떤 마음 넓어 보이는 남자가
나타나 "내가 다 해결해 줄게. 나만 믿어. 결혼해서 나만 의지하면 돼"라고 말한다
고 해도 절대로 넘어가서는 안 된다. 사랑과 믿음으로 남녀가 맺어진다는 결혼이라
는 건 20대인 당신이 생각하는 것보다 훨씬 냉정하다.

결혼은
운명의 장난이
아니다

여자는 사랑하지 않는 사람과 결혼해도 행복할 수 있다?

우리는 사랑하지 않는 사람과 결혼하면 불행하다는 명제에 익숙해져 있다. 자신을 끔찍하게 사랑해 주고 온화하며 부유하기까지 한 남자에 이끌려 결혼한 여주인공이 공허함을 이기지 못해 불행한 결말을 향해 치닫는 소설이나 드라마를 너무 많이 보아왔기 때문이다.

그런데 수많은 영화와 드라마의 내용과 다르게 현실에서 여자는 사랑하지 않는 사람과 결혼해도 얼마든지 행복할 수 있다. 결혼 상대가 비록 사랑하는 사람이 아니라도 '사랑할 만한 사람'이라는 것이 전제되기만 하면 말이다.

20대 여성들에게는 다소 충격적으로 들릴지 모르겠지만, 부부 사이가 매우 좋고 결혼 생활에 만족하며 남편을 사랑한다는 아내들의 상당수는 "누구와 결혼했어도 남편을 이만큼은 사랑했을 것이다"라고 말한다. 그것은 결혼 이후의 사랑은 연애 시절과 종류가 다르기 때문이다. 연애 시절의 사랑은 그다지 노력을 필요로 하지 않는 사랑이다. 굳이 유지하려고 기를 쓰지 않아도 넘치는 사랑을 주체하지 못하는 시기 아니던가. 그러나 결혼 후는 다르다. 포옹과 입맞춤이 별다른 감흥을 불러일으키지 않는 신혼 이후 부부들의 사랑은 노력 없이 유지되기 힘들다. 그러니 '보다 노력하기 쉬운 여건'의 사람들이 사랑을 유지하는 건 당연하다. 자주 사랑을 확인해야 하는 속성을 지닌 여자들의 경우는 더하다.

여자들은 상대방을 배려해 주고, 성실한 사랑을 할 줄 알며, 그 사랑을 선물이나 여행 등으로 공고히 할 줄 아는 여유와 성격(성격도 엄연한 조건이다)을 가진 조건 좋은 남편들을 시간이 지날수록 사랑하게 되어 있다. 그러니 중매결혼을 한 커플들이 연애결혼을 한 커플보다 이혼율이 낮다는 사실은 이상한 일도 아닌 것이다.

사랑은 분명 운명의 산물이다. 그러나 결혼은 어디까지나 선택의 문제다.

결혼, 잘하고 싶어 하는 여자만이 잘할 수 있다

처음부터 능력 없고 성격 나쁜 남자를 만나 결혼하고 싶은 여자는 없을 것이다. 그런데 이상하게도 많은 여자들은 이른바 '조건'이라는 것을 중요하게 생각하지 않는 척한다. 조건을 결혼의 전제로 생각하는 것 자체에 죄책감마저 느낀다. 자연히 여자들은 착한 마음을 먹고 있으면 조건 좋은 왕자님이 나타나줄 거라는 헛꿈을 꾼다. 똑같이 남편감의 좋은 조건을 원하면서도, 그것을 의도적으로 만들면 악(惡)이고 우연히 얻게 되면 선(善)인 이유가 무엇인가?

많은 기혼녀들은 "내가 이런 사람과 결혼하게 될 줄은 꿈에도 몰랐다"고 한다. 그러나 그 사람의 성향을 꼼꼼히 관찰해 보면 딱 그런 결혼을 할 사람인 경우가 많다. 결혼이라는 일생일대의 선택 앞에 선 사람들은 자신의 본질에 충실할 수밖에 없기 때문이다. 아무리 남들처럼 그럴듯한 남자와 결혼해야겠다는 다짐을 해도, 조건 좋은 사람을 선택할 수 있는 성향이 자리 잡지 못한 여자는 마음먹은 대로의 결혼을 하기 힘들다.

K는 평소 경제 능력도 있고 자상한 남자와 결혼해 남부럽지 않게 살고 싶다고 생각했다. 그런데 그녀의 주변에는 늘 별 볼 일 없는 사람만 득실했다. 그러다가 친구의 소개로 만난 한 남자가 자신에게 호감을 품고 있다는 사실을 알게 됐다. 그 역시 적은 연봉의 시원찮

은 직장을 다니고, '남자는 하늘'이라는 19세기 가부장적인 가치관마저 가진 사람이었다. 하지만 K는 애인이 없는 것보다는 나을 것 같아 몇 번 더 만났고, 만나다 보니 정이 들었다.

'그래, 조건은 중요하지 않아. 내 행복이 더 중요해. 그리고 돈이야 있다가도 없고 없다가도 있는 거지. 둘이 열심히 노력해서 살면 얼마든지 행복할 수 있어.'

그렇게 해서 K는 꿈에도 생각지 않던 사람과 결혼을 했다.

많은 여자들이 K와 비슷하기 때문에 세상의 별 볼 일 없는 남자들이 무사히 장가를 갈 수 있는 것이다. 남자들에겐 더할 나위 없이 다행스러운 일이지만, 여자들 입장에서는 섶을 지고 불 속에 뛰어드는 것과 다를 바 없다.

일반적으로 K와 같은 여자들은 조건이 좋은 남자와 결혼할 마음이 없다고 보아야 옳다. '정이 들었다', '사랑에 빠졌다', '그만큼 착한 사람이 없다'라는 점들보다 우선순위에서 밀리는 요소를 정말 원한다고 말할 수 있겠는가? 조건이 좋은 결혼을 할 줄 아는 여자들은 단순히 '조건 좋은 남자를 만날 거야' 하고 작정하는 것이 아니라, 본인 스스로가 정말 괜찮은 남자만을 좋아할 수 있는 여자가 되어야 한다는 것을 안다.

고급한 취향을 계발하고, 자기 자신에게 투자할 줄 알고, 지혜로워지려는 노력을 게을리하지 않는 여자들은 무능한 사람을 사랑하지 않을뿐더러 괜찮은 사람들과 만날 기회도 많이 갖게 된다. 그것은 이 책에서 이제까지 강조한 미덕들과도 부합하는 것이다.

괜찮은 남자와 결혼을 하고 싶다면 시답잖은 남자들이 감히 만만히 보고 추파를 던지지 못하는, 그런 여자가 되어야 한다. 그건 하루아침에 되는 일이 아니라 얼마간 시간을 두고 꾸준히 노력해야 한다.

좋은 결혼을 선택할 성향을 기르는 것은 인생의 모든 선택에서 좋은 것을 고를 줄 아는 성향을 기르는 것이나 마찬가지다.

훗날 당신보다 못난 친구가 더 나은 결혼을 한 것을 본다 해도 억울한 마음을 품지 말기를 바란다. 그 친구가 못났다는 것은 어디까지나 당신 기준일 뿐, 분명 당신보다 뛰어난 점이 있기에 그렇게 할 수 있었을 것이다.

수세에 몰려도 결혼으로 도망가지는 말라

괴로운 현실에 직면한 남자들이 도피처로 군대에 자원하듯 현실에 내몰린 여자들은 결혼을 선택하곤 한다. 군대야 언제 가도 마찬가지고 제대하면 끝이지만, 결혼은 얘기가 다르다. 순간의 선택으로 평생을 후회하며 살 수도 있다.

직장을 잃어서, 집안 형편이 어려워져서, 시집 안 간다는 주변의 박대가 너무 심해서 덜컥 결혼을 해버리면 그보다 더한 어려움을 견

며내야 하는 경우가 많다. 뱀을 피해서 호랑이 아가리로 도망가는 것과 마찬가지다.

한때 날리던 야구 선수가 하필이면 슬럼프에 빠져 성적이 한창 부진할 때 구단주와 싸워서 다른 팀으로 이적한다면 어떤 대우를 받을까? 수준이 더 낮은 팀으로 가게 될 것은 뻔하고, 그 선수가 현재 구단을 벗어날 수밖에 없는 사연을 이미 접수한 새로운 팀에서는 대폭 삭감된 연봉을 제시할 것이다. 그런 대우를 받고 이적한 새로운 구단에서 슬럼프를 극복할 리 없는 그 선수는 미적미적대다가 끝내 퇴출당할 것이다. 그 선수는 현재 구단주에게 싹싹 빌며 용서를 구해서라도 남아서 피나게 연습해 슬럼프를 극복한 다음에 당당하게 고액의 연봉을 부르며 이적해야 한다.

사랑과 믿음으로 남녀가 맺어진다는 결혼이라는 건 20대인 당신이 생각하는 것보다 훨씬 냉정하다. 당신이 어떤 어려움을 피해서 결혼한다면, 그 어려움은 고스란히 당신의 핸디캡이 된다. 당신이 그 핸디캡을 고려해 한 단계 낮은 수준의 결혼을 한다고 해도 상대방이나 다른 사람들은 그 점을 고려해 주지 않는다. 예컨대 하필이면 고등학교 3학년 때 교통사고를 당해 수능 준비를 제대로 못한 채 시험을 치르는 바람에 평소보다 점수를 엉망으로 받은 우등생이 있다고 가정하자. 그가 점수에 맞춰 마음에 안 드는 대학에 진학했다고 해서 세상 사람들이 "어머, 저 사람은 실력이 있는데도 운이 나빠 그 대학에 갔으니 서울대 학생이나 마찬가지네" 하고 인정하며 대우해 줄 것 같은가? 전국 석차 100등 안에 들던 수재였더라도 현재의 그 사람은 지금 다니는 학교의 학생 그 이상도 그 이하도 아니다. 본인이 그 상황을 인정할 수 없으면 재수를 해서 자신에게 맞는 대학에 다시 들어가는 게 맞다. 결혼도 그와 다를 바 없다. 핸디캡을 인정받는 건 골프와 바둑에서뿐이다.

설사 당신의 핸디캡이 객관적인 처지나 경제 문제 등이 아닌 심리적인 것이라고 해도 상대는 귀신같이 알아내 그것을 빌미로 당신을 휘어잡으려고 할 것이다.

당신이 당당하게 결혼할 수 있는 처지가 아니라면, 어떤 마음 넓어 보이는 남자가 나타나 "내가 다 해결해 줄게, 나만 믿어. 결혼해서 나만 의지하면 돼"라고 말한다고 해도 절대로 넘어가서는 안 된다. 그건 곧 "내가 지금 네 은인이 될 테니까 넌 고맙게 생각하고 평생 나와 우리 부모님을 섬겨야 해"라고 말하는 것과 마찬가지다. 아무리 형편이 안 좋더라도 당신은 도매금으로 넘겨질 만큼 형편없는 여자가 아니라는 것을 잊지 말라.

백마 탄 왕자를 그냥 떠나보내지 말라

여자 팔자는 뒤웅박 팔자가 맞다

남자나 여자나 잘못된 배우자를 만났을 때 인생이 꼬이는 것은 마찬가지다. 그러나 좋은 방향으로 생각했을 때 능력 있는 배우자를 만나서 더 큰 혜택을 보는 건 여자 쪽인 것 같다. 모나코 왕과 결혼한 그레이스 켈리는 '여왕'이 되었지만, 엘리자베스 영국 여왕과 결혼한 에든버러 공은 그냥 '공(公)'일 뿐이다.

단순히 호칭의 문제가 아니다. 여자는 누구와 결혼하느냐에 따라 사회적 지위가 결정되고, 남편이 누리는 것을 온전히 함께 누리게 된다. 특히 여성들의 사회 진출에 제약이 많은 우리나라에서는 본인이 직접 사회에 진출한 여자들보다, 능력 있는 남편을 만나 결혼한 여자들의 사회적 지위가 높은 경우를 자주 보게 된다.

생각만 해도 비위 상하는 일이지만, 선견지명이 있는 여자라면 내 발끝도 못 따라오던 열등생이 10년 뒤에 '사모님'이 되어 외제차를 몰고 동창회에 나타나 버스 타고 온 나를 기죽이는 통속적인 상황을 예상해 볼 줄도 알아야 한다.

20대 여자들은 남편을 잘 만나면 호강하고 산다는 것쯤은 안다. 그러나 '당당한 여성'과 '남녀 평등'이라는 말들은 능력 있는 남자를 찾는 젊은 여자들에게 죄책감을 안겨준다. 대체 '조건'이라는 말만 들어도 거부반응을 보이는 여자들에게 남편의 부와 지위를 함께 누리는 것이 당당하지 못하고 불평등한 일이라고 말해 준 사람이 누구인가.

앞뒤 가릴 것 없이 일단 결혼이라는 것은 여자에게 절대적으로 불리한 제도다. 특히 한국에서의 결혼은 여자들이 희생을 각오해야 지속 가능한 것이다. 자기 하기 싫은 것은 결코 하지 않는 요즘 여성들도 결혼을 한 뒤에는 상상만으로도 체기가 올라오는 끔찍한 상황들을 기꺼이 감당해야 한다. 남자들은 결혼 전과 후의 삶이 크게 변하지 않지만, 여자들은 생활이라는 나무가 뿌리째 뒤바뀌는 크나큰 변화를 겪어야 하는 것이다.

'요즘 세상이 어떤 세상인데'라며 코웃음 치지 마라.

한국 사회에서 가장 보수적인 곳이 바로 가정이다. 결혼을 하기 전까지 대개의 여자들은 대체 우리나라 어디에서 남녀 차별을 한다는 건지 알기가 힘들다. 사회에서는 표면적으로라도 남녀 평등을 원칙으로 하고 있어서 특정한 사안에 맞닥뜨리지만 않으면 불평등을 체감할 수가 없기 때문이다. 그러나 가정은 다르다.

배울 만큼 배우고 돈도 벌 만큼 버는 여자들조차, 남편은 처가에 가서 비스듬히 누워 TV를 보지만 자신은 시댁 가면 기어 다니며 걸레질을 한다고 고백한다. 이런 모순은 앞으로 분명 변화해 가겠지만 10년 이내에 결혼하게 될 당신이 그 혜택을 누리기는 힘들 것이다.

이렇게 어쩔 수 없이 노비에 준하는 힘든 결혼 생활을 하면서 여자가 결혼으로 덕 보는 게 아무것도 없다면, 그것도 너무 억울하지 않겠는가. 아내들은 자기 남편이 가지고 있는 것들을 당당하게 누려도 된다.

종종 자기 주장이 강한 독립적인 여성들이 결혼해서 낭패를 보는 것도 이런 사실을 간과하기 때문이다. 남녀가 평등하니까 아무런 조건도 보지 않고 대등한 입장에서 결혼하면서 집 장만이나 예물처럼 일반적으로 남자들이 부담하는 것들도 거절했는데, 결혼하고 나서는 전혀 평등하지 않은 생활을 강요당하니 황망하고 억울한 것이다. 그런 결혼은 여자가 아무리 양보를 한다고 해도 무난하게 유지되기 힘들다. 서로가 주고받는 것의 균형이 안 맞기 때문이다. 적어도 아직까지 한국에서의 결혼은 여자가 자신보다 사회적 지위나 경제력이 나은 남자와 하는 것이 균형에 맞다.

신데렐라는 콤플렉스가 없었다

자격도 없으면서 능력 있는 남자를 만나 팔자 한번 고쳐 보려는 여자의 마음보에 여성학자들은 '신데렐라 콤플렉스'라는 이름을 붙여주었다. 아마 당신은 '동화의 이야기가 끝난 이후 신데렐라가 과연 행복했을까' 하는 비판을 철이 들면서부터 귀에 딱지가 앉도록 들었으며, '신분 차이가 나는 결혼을 신데렐라가 감당하지 못해 평생 불행하게 살았을 것'이라는 말을 정답으로 알고 살았을 것이다.

그러나 정말 신데렐라는 왕자비가 될 자격이 없는 사람이었을까? 그녀는 자기 집에서 식모살이를 하는 처지에도 왕궁을 꿈꾸던 당돌한 여자였다. 동화 원전에는 근사하게 차려입은 그녀를 왕궁의 귀족들이 '어느 나라의 공주님'으로 착각했다는 말도 나온다. 단순히 옷만 잘 입는다고 공주로 보일 수는 없다. 귀족들의 걸음걸이와 행동이 몸에 배어 있었을 테고, 왕자님과 파티 내내 함께 했어도 흠 잡히지 않을 정도로 춤도 잘 추었을 것이다. '가난해도 부자의 줄에 서라'는 금과옥조가 오늘날 유대인들로 하여금 세계 금융계를 쥐락펴락하게 만들었듯, 그녀도 평소 '귀족의 줄'에 서 있던 덕을 이날 톡톡히 본 것이다.

미천한 신분이라는 핸디캡을 무마시키기 위해 유리구두를 흘려 왕자가 제 발로 찾아오게 만든 전략도 돋보인다. 게다가 어려울 때도와줄 수 있는 요정이라는 인맥도 아무나 만들 수 있는 게 아니다. 자기를 그토록 구박한 계모와 언니들을 통 크게 용서한 것도 그녀가 인생의 원리를 아는 대범한 인물이었음을 말해 준다.

미모와 그 미모를 이용할 줄 아는 지략까지 갖추었던 신데렐라가 결혼 후 기죽어서 불행하게 살았을 리 만무하다. 왕자와 임금님 내외까지 휘어잡고 떵떵거리며 잘 살았을 것이다.

많은 20대 여성이 '조건 좋은 남자들은 부담스럽다'며 피한다. 그런데 사실 그렇게 말하는 여자치고 조건 좋은 남자들의 마음을 빼앗을 수 있는 여자는 거의 없다. 일단 조건 좋은 남자와 결혼에 이를 정도면 그 결혼을 할 자격이 충분히 있는 여자들이다. 문제는 본인이 아무도 강요하지 않는 자격지심을 느끼며 위축되는 것이다.

조건이 좋다고 해서 배우자를 무시하는 남자는 이미 조건이 좋은 남자가 아니다. 그런 사람들은 인격에 하자가 있는 사람들로 결격 사유가 있는 남편감이기 쉽다. 아내를 무시하고 존중하고는 그 남자 인격에 달린 문제로 조건하고는 별 관계가 없는 것이다.

당신이 어쩌다 백마 탄 왕자를 만났고 그가 손을 내밀었다면, 주저 말고 그 손을 맞잡아라. 스스로 그럴 자격이 있다고 믿고 행동하는 것부터가 게임의 시작이다.

240

고급한 취향을 계발하고, 자기 자신에게 투자할 줄 알고, 지혜로워지려는 노력을 게을리 하지 않는 여자들은 무능한 사람을 사랑하지 않을뿐더러 괜찮은 사람들과 만날 기회도 많이 갖게 된다.

돈은 사랑을
대신할 수 없고,
사랑도 돈을
대신할 수 없다

돈과 사랑을 반드시 저울질하라

돈과 사랑에 대한 20대들의 태도는 이중적이다 못해 삼중, 사중적이다. 말로는 그래도 사랑이 중요하다면서 막상 조건이 떨어지는 사람을 만나면 슬금슬금 피한다. 이후로 "어떻게 현실을 외면할 수 있겠어?" 하고 말하며 전향을 하는가 싶다가도 이른바 '느낌이 오는' 사람을 만나면 현실을 다시 내동댕이친다.

상대의 경제력과 사랑 사이에서 20대 여자들이 이렇게 방황하는 이유는 돈과 사랑을 저울질하는 것에 대해 죄책감을 느끼기 때문이다. 그러나 많은 여자들이 남자의 경제력과 관련해서 분란을 겪는 이유는 경제력과 사랑을 신중하게 저울질하지 않기 때문이다. 돈이면 돈, 사랑이면 사랑 둘 중 하나만을 선택해야 한다고 생각하는 것이다. 매사가 그렇듯 이런 이분법적 사고는 무척 위험한 것이다. 경제력과 사랑은 둘 중 하나만 있어서 되는 것이 아니다. 양팔저울에 올려놓고 조심스럽게 균형을 맞춰야 하는 것이다.

세계적인 머니테크 전문가 보도 셰퍼는 "물론 돈은 사랑을 대신할 수 없다. 그러나 사랑도 역시 돈을 대신할 수 없다"라고 말했다. 경제력과 사랑이 상호보완적인 관계에 있는 것은 분명하지만, 둘 중 하나를 선택해 나머지 하나의 역할을 대신하기를 기대할 수 있는 것은 아니다.

"사랑이 밥 먹여주냐?"는 말을 어른들이 자주 하는 것도 그래서이리라. 사랑은 확실히 밥을 먹여주지는 못한다. 밥 먹는 것을 행복하게 해줄 뿐이다. 밥을 못 먹어도 문제, 있는 밥을 기쁘게 먹지 못해도 문제. 행복하게 밥을 먹기 위해서는 돈과 사랑 모두가 필요하다.

돈과 사랑을 모두 갖는 게 가능한가?

희한하게도 보통 사람들은 결혼해서 부유하게 사는 부부들을 부러워하면서도, 다른 한편으로는 그들의 삶이 공허할 것이라고 믿는다. 물론 실제로 그런 부부들이 있다고는 한다. 그렇지만 경제적 압박 때문에 서로의 관계가 공허해지는 커플들이 더 많다는 사실을 염두에 두면 그런 믿음은 질투에 찬 편견일 뿐이다.

20대 여자들이 그 선입견을 넘어서고 나면 이번에는 "돈과 사랑, 다 얻을 수 있으면 좋지. 그걸 누가 모르나? 현실이 그렇지 않으니까 다들 그러고 사는 거지" 하고 입을 모은다.

사랑과 돈을 모두 얻는 게 불가능하다면 어떻게 그 많은 여자들이 그처럼 행복하게 살 수 있겠는가.

B는 결혼까지 생각하고 있는 사람이라며 친구들에게 애인을 소개했다. 애인은 괜찮은 사람으로 보였다. 두 사람은 아주 잘 어울렸고, B도 그 사람을 많이 좋아하고 있는 듯했다. 그런데 나중에 들으니 남자가 그다지 경제 여건이 좋은 사람이 못 되었다. 모아놓은 돈도 없고, 연봉을 많이 받지도 못하는 평범한 직장인이었다. 평소 가난한 사람과는 결혼하지 않겠다던 B의 말을 들어온 친구들은 의아해했다. 어떻게 그 사람과 결혼까지 결정했냐는 친구들의 물음에 그녀는 이렇게 대답했다.

"처음 만났을 때는 호감은 갔지만 결혼 상대는 아니겠구나 싶었어. 그런데 몇 번 더 만나다 보니까 이 사람이 알짜다 싶은 거야. 집이 썩 잘사는 편은 아니지만 부모님이 노후 준비는 해놓으셨고, 무엇보다 이 사람이 경제관념이 있더라고. 세 번째 데이트 때였나, 근사한 저녁 식사를 하고 들어오는 길에 주유소에 들러 기름을 넣고 계산을 하면서 주유 할인 카드를 내미는데, 광고를 안 해서 사람들은 잘 모르지만 실제 할인율이 국내에서 제일 높은 외국계 카드인 거야. 돈을 아끼지 않는 데이트와 할인 카드……. 이 사람이 정말 돈을 쓸 줄 아는 사람이구나 싶었지. 중간에 어학연수니 뭐니 휴학이 길어져서 졸업을 늦게 한 탓에 아직 신입사원이라 연봉은 적지만 점차 좋아질 거야. 모아놓은 돈이 많지는 않지만 그동안 저축도 충실히 해서 벌써 재테크를 하고 있더라고. 남자들은 보통 분위기에 휩쓸려 조금씩 주식 투자를 하면서 일희일비하잖아. 근데 이 사람은 욕심 부리지 않고 처음부터 치밀하게 알아보고 펀드를 들어놨더라고. 펀드 수익률도 꽤 돼. 앞으로 우리 결혼하기 전까지 집 장만을 할 포트폴리오를 보여주는데, 충분히 가능하겠더라고. 이 사람하고 결혼하면 20년 안에는 갑부 소리 들으며 살겠구나 싶었어."

친구들은 입을 쩍 벌리고 그녀의 말에 귀를 기울이고 있었다. 솔직히 그 남자친구보다 그녀가 더 대단해 보였다. 도대체 아는 사람들만 안다는 그 외국계 할인 신용카드는 어떻게 알고 있었으며, 금융계통에서 일하는 것도 아니면서 펀드 수익률과 재테크 포트폴리오를 어떻게 분석할 수 있는지 놀라울 뿐이었다.

어쨌든 B의 눈은 정확했다. 결혼 2년이 지난 지금 그들은 아파트를 장만했고, 그 집은 부동산 침체기에도 꾸준히 올라 그들 부부를 점점 부자에 가깝게 만들어주고 있다.

꼭 B처럼 금융 지식이 있는 여자만이 진짜 경제력을 갖춘 사람을 알아볼 수 있는 건 아니다. 그러나 좋은 선택을 하는 성향을 타고난 '좋은 팔자'의 여자가 아니라면 경제적인 부분에 어느 정도 관심이 있어야 평생 돈 문제로 속 썩이지 않을 남자를 고를 수 있다. 부의 속성을 알아야 겉모습만 번드르르한 사람에게 속지 않고 현명한 선택을 할 수 있기 때문이다.

말로만 '난 가난한 결혼은 싫어'라고 하지 말고, 원하는 배우자의 수준만큼 자신의 소양을 닦아야 한다. 세상에 그냥 우연으로 되는 일은 거의 없다.

꿈을 위해
결혼을
이용하라

혼자여야만 성공할 수 있다고 착각하지 마라

내가 20대 초반에 했던 가장 큰 착각 중의 하나는 결혼이 여자들의 꿈을 잡아먹는 괴물이라는 생각이었다. 세상 어디에도 결혼한 여자가 비집고 들어갈 자리는 없다고 여겼다. 그러나 나이가 들어 주변을 둘러보니 꼭 그렇지만도 않다. 결혼을 하고 나서 더 일에 탄력을 받는 여자도 많다.

결혼은 거기에 안주할 때 확실히 여자들에게 불리한 제도다. 그러나 좋은 동반자를 만나면 결혼이 갖고 있는 근본적인 장점이 자신의 일에도 좋은 영향을 미칠 수 있다. 한국 사회의 20대 여성은 일과 결혼에 대해 좀 더 유연한 사고를 가질 필요가 있다.

B는 오랫동안 자신이 꿈꾸던 분야의 전문직 자격증을 따고 싶어했다. 그러나 워낙 어려운 시험이어서 고시 공부를 하듯이 노력해도 여러 차례 떨어졌다. 졸업을 한 뒤에도 자격증을 못 딴 그녀는 손에 닿는 일자리를 우선 얻어서 직장에 다니기 시작했다. 일단 취직을 하자 꿈은 점점 멀어지는 것 같았다. 그렇게 몇 년 시간을 보내다가 결혼을 했는데, 남편은 안정된 직장에 이해심도 많았다.

B는 곧 애정 없는 직장을 그만두고 포기했던 공부를 다시 시작했다. 주변에서는 "돈 잘 버는 남편 있으니 애 낳을 때까지 맘 편하게 직장 다니다 들어앉을 것이지, 결혼까지 한 여자가 무슨 공부냐"며 뜯어말렸다. 그러나 그녀는 얼마 지나지 않아 무난하게 시험에 붙었고, 지금은 원하는 일을 하며 아주 만족스럽게 살고 있다. 그녀는 결혼한 몸으로 얼마나 독하게 공부했으면 시험에 붙었겠냐는 사람들의 말을 일축하며 "결혼을 했기에 시험에 붙었다"고 말한다.

"무슨 일을 하건 투자하는 게 얼마나 중요한데, 사실 결혼 전에 나는 하고 싶은 공부에 시간적·물질적 투자를 충분히 할 수가 없었어. 대학까지 졸업시킨 자식이 빨리 밥벌이하기를 기대하는 부모님 때문에 마음도 늘 조급했고, 또 학원 수강비 정도는 내가 과외 아르바이트를 해서라도 벌어야 했잖아. 쥐꼬리만 한 수입으로 공부를 하자니 강의를 들어도 비싼 학원에서는 못 듣고, 잘못 산 책도 책값이 아까워서 그냥 보곤 했지. 근데 결혼해서 남편이 후원자가 되니까 완전히 사정이 다르더라고. 전과는 다르게 부담 없이 수강료나

교재비에 투자할 수 있었고, 또 내가 하는 공부가 우리 가정을 위한 투자라고 생각하니까 맘 편하게 공부에 집중할 수도 있었어. 결혼을 안 했다면 난 아직도 그 지겨운 일을 마지못해 하며 살고 있겠지."

사실 좋은 남편은 가장 좋은 후원자다. 부모는 원래 자식이 가시적인 무언가를 하고 있지 않으면 불안해하는 존재이므로 자아실현의 후원자로는 부적합할 때가 많다.

방법과 과정이 어땠건 결혼 후 꿈을 이룬 여자들의 예는 얼마든지 있다. 보기 드문 남편의 외조가 아니더라도 결혼이 가져다주는 경제적·정신적 안정감은 일하는 여성에게 큰 도움이 된다.

따라서 열성적이고 꿈 많은 20대인 당신이 단지 일에 방해가 된다는 이유로 싱글을 고집할 필요는 없는 것이다. 당신이 꿈을 버리지 않고 늘 깨어 노력하는 사람이라면 오히려 결혼을 함으로써 더 행복한 워킹우먼이 될 수 있다.

물론 결혼을 하고 더구나 아이까지 낳은 여자가 일을 한다는 건 정말로 힘든 일이다. 그러나 일과 가정의 영역은 다른 것이기 때문에 아주 못할 일은 아니다. 공부를 할 때 우뇌를 많이 사용하게 되는 언어 과목과 좌뇌를 많이 사용하게 되는 과학이나 수학 과목을 번갈아 공부하면 지치지 않고 집중력을 오래 유지할 수 있다고 한다. 그렇게 하면 똑같이 공부를 한다고 해도 사용하는 에너지의 종류가 달라서 다른 한편에서는 휴식을 취하는 것과 같은 효과를 가져오기 때문이란다. 바깥일과 집안일도 그와 비슷한 점이 있다. 다만, 한국 사회의 개인희생을 바탕으로 한 비효율적인 기업문화에는 아쉬운 점이 많다. 그래서 많은 여자들이 결혼 후 기업 밖에서 꿈을 찾기도 한다.

잘한 결혼은 인생의 무덤이 아니다. 오히려 든든한 동반자를 만나 마음껏 꿈을 펼칠 수 있는 계기가 되기도 하는 것이다.

꿈을 이뤄줄 수 있는 남편감들

첫 번째, 경제력은 기본이다. 언제나 후원이라는 것은 돈을 의미하지 않던가. 물심양면(物心兩面)으로 도움을 줘서 감사하다는 말은 대개 "돈을 주셔서 맘고생 안 하게 해주신 것에 감사합니다"라는 뜻이다.

두 번째, 자신의 부모님을 잘 길들인 남자여야 한다. 너무 순종적으로 자라서 부모님 말이라고는 거역해 본 적이 없는 사람이라면 다른 조건이 아무리 좋아도 멀리하는 편이 좋다. 꿈을 이루는 것과 상관없이 남편감을 고르는 여자라도 이런 사람은 피하는 게 상책이다. 아무리 당신의 꿈을 이해해 주는 남편이라도 그 꿈을 이해 못하는 시부모가 주는 스트레스를 저지할 만한 영향력이 없다면 너무 힘들어진다. 뭔가 일을 저질러보기도 전에 인간관계에 지쳐 나가떨어질 것이다.

세 번째, 성취 지향적인 남자여야 한다. 남자들의 외조는 여자들의 내조와 다르다. 자기 자신이 성취욕이 없는 사람은 아내가 성공하는 과정을 묵묵히 지켜보지 못하고, 힘든 일이 있을 때마다 자꾸 주저앉히려고 든다. 성취의 과정과 의미를 본인이 이해하지 못하기 때문이다. 물론 성취 지향적이라도 가부장적인 사람은 예외다.

네 번째, 부지런한 남자만이 진정한 후원자가 될 수 있다. 아무리 다른 면에서 뛰어나도 가사 분담을 귀찮아하는 남자라면 함께 발전하는 동반자가 되기 어렵다. 혼자서 전업으로 해도 잘하기 힘든 게 집안일이다. 자기 일 하면서 집안 살림도 제대로 해낼 수 있는 여자는 드물고, 또 그래서도 안 된다.

다섯 번째, 가장 중요하면서도 당연한 것이지만 일하는 아내를 뒷받침해줄 용의가 있는 남자여야 한다. 믿어지지 않겠지만 아직도 많은 남자들은 퇴근 후 완벽한 저녁상을 차려놓고 자신을 기다리는 아내를 원한다. 맞벌이를 원한다는 대부분의 남자는 '일하는 아내'가 아니라 '돈 버는 아내'를 원하는 것이며, 여건만 닿는다면 아내가 주부로 남기를 원한다. 이런 상황에서 아내가 일함으로써 행복해한다는 사실 하나만으로 기뻐해주는 남편이 있다면 천군만마가 부럽지 않을 것이다.

결혼 때문에 꿈을 못 이룬 여자는
결혼 안 하고도 꿈을 못 이룰 여자

내 아이 또래의 아이를 키우는 낯선 주부와 말을 트게 됐을 때, 어딘지 자존심 강해보이는 그녀는 내가 전업 주부인지부터 물었다. 내가 프리랜서로 일을 하고 있다고만 간단히 말하자, 자신은 원래 유명한 병원에서 일하던 간호사였다며 묻지도 않은 경력을 이야기했다. 그러면서 지금 자신의 동기들은 아직도 현장에서 의사 못지않은 연봉과 지위를 누리고 있다며 자신도 결혼과 육아 때문에 일을 그만두지 않고 임상을 쌓았으면 그만큼은 됐을 거라고 했다. 그 말을 하는 그녀의 태도가 어찌나 진지하던지, 자신이 집에만 있다고는 해도 여느 전업 주부들과는 다르니 자기를 얕보는 건 꿈도 꾸지 말라는 무언의 경고라는 걸 눈치 없는 나도 느낄 수 있을 정도였다.

요즘 주부들은 다들 잘 배우고 똑똑해서 한때 사회에서 한가락 하지 않은 사람이 별로 없다. 경제 활동을 따로 하지 않는다고 해서 살림만 아는 무지렁이로 알면 곤란하다. 그러나 자신이 가진 능력을 피치 못할 사정으로 묻어두었다는 것은 자랑거리가 못 된다. 실력 발휘를 못하는 것이나 애초 능력이 없는 것이나 결과적으로는 다를 바 없다.

많은 여자들이 결혼 후 사회활동의 어려움을 호소하며 일을 그만
두는 것을 당연히 여기지만, 그녀들은 가슴에 두 손을 얹고 그 일을
그만둔 것이 정말 오로지 결혼 때문이었나를 생각해 볼 필요가 있
다. 오히려 그녀들은 지겹고 힘들어진 직장생활에서 벗어날 가장 설
득력 있는 핑곗거리를 만난 건 아니었을까?

꿈은 원래 이루기가 힘든 것이다. 쉽게 이루어진다면 꿈이라고 부
르지도 않을 것이다. 자신이 원하는 어떤 지점에 오르기까지는 '정
말 못해먹겠다' 싶은 심정이 될 일을 수도 없이 겪게 된다. 결혼하고
아이를 낳은 여자가 일을 한다는 것은 안 해본 사람이라면 상상하
기도 힘들 만큼 어려운 일이지만, 꿈을 이루기 위한 과정에는 결혼
이나 출산 이상의 지난한 장애물이 나타나기 마련이다. 누군가가 단
지 결혼 때문에 일을 그만두었다면 그녀는 꿈을 품은 것이 아니라
단순히 직업을 갖고 있었던 것이다. 결혼 때문에 꿈을 포기할 사람
이라면 결혼이 아니더라도 포기한다.

단지 꿈에 방해가 된다는 이유로 결혼을 망설이고 있다면 당신은
생각을 바꿔야 한다. 그런 당신은 결혼을 안 할 가능성보다 마음의
준비가 안 된 결혼으로 채 여물지도 못한 꿈을 잃어버릴 가능성이
더 크다.

나는 더 많은 여자들이 결혼해서도 꿈을 품을 수 있는 사회가 되
지 않는 한 우리 사회의 고질적인 문제, 특히 사교육 문제는 결코 해
결되지 않을 거라고 확신한다. 열정과 에너지가 넘치고 지적이기까

지 한 수많은 여자들이 결혼 이후 가정에 머물면서 대부분 자신의 모든 재능을 아이 교육에 쏟아붓는 것을 보게 된다. 자존감이 강한 요즘 여자들은 가정 안에서 살림에 열중하는 대신 자식 교육이나 무리한 재테크로 자신의 가치를 가시적으로 증명해 보이려고 한다. 우리 사회는 일차적으로 귀한 인적 자원을 잃고, 또한 그렇게 잃은 그녀들이 본의 아니게 건강하지 못한 경제 활동의 배후가 되는 이중의 손해를 입는 셈이다.

젊은 여자인 당신이 지금부터 포기하지 않을 꿈을 품고 결혼 이후에도 간직해 간다면, 앞으로는 여자들이 끝까지 꿈을 유지하는 데 도움이 되는 좋은 여건도 점차 자리를 잡아갈 것이다.

보다 영리해지고 싶은
20대 여자들에게

중년 이상의 어르신들은 20대 젊은이들을 부러움의 눈길로 바라본다. 때로는 어떤 대가를 치르고서라도 저 시절을 다시 한 번 살아보고 싶다고 생각하기도 한다. 그러나 그분들과는 달리 '좋은 시대'에 20대를 보낸 30대들은 다르다. 그들은 대체로 "부럽긴 하지만 20대로 돌아가고 싶지 않다"고 말한다. 단, 많은 사람들이 한 가지 단서를 붙인다. 30대로서 자신이 갖고 있는 가치관과 경험, 삶에 대한 노하우를 가지고 20대를 다시 살 수만 있다면 돌아가는 것도 나쁘지는 않겠다는 것이다. 그리고 사실이 그러하다.

이 책은 30대의 머리로 20대를 다시 살아보고 싶다는 내 욕망의 투사일지도 모른다. 때문에 내 또래의 30대 여자라면 누구나 깨닫고 알고 있는 내용일 수도 있다. 내게는 누구나 알고 있는 것들을 정리할 기회와 여건이 있었을 뿐이다.

사람들은 내가 20대를 위한 글을 쓰기에는 너무 젊지 않으냐고 말한다. 하지만 나는 20대를 지낸 기억을 생생히 간직한 채 30대의 깨달음을 얻은 이때가 20대를 위한 책을 쓰기 위한 적기라고 생각한다. 50대 인생 달인들은 인생의 해답은 알고 있지만 20대들이 어째서 그 해답을 찾지 못하는지는 도무지 이해하지 못하기 때문이다.

　이 책에서 간혹 만날 수 있는 당황스럽도록 솔직한 이야기들에 무조건 마음을 닫아걸지 말고, 선택의 기로에서 자기 자신에게 한 번쯤 질문을 해보기 바란다. 이 선택이 정말 나를 위한 것인가, 정말 나를 사랑하는 마음에서 나온 선택인가.

　인생의 큰 틀을 정하는 굵직굵직한 선택들을 모두 끝낸 30대 이후에 이 모든 것들을 깨달은 나조차 전과 다른 삶을 살게 되었다. 아직 수많은 선택의 기회를 갖고 있는 부러운 당신들이 이 책을 계기로 현실을 자신의 편으로 만들어 신나는 삶을 살 수 있게 되기를 바랄 뿐이다.

아름답고 자신감 넘치기를

대학가의 한 카페. 이어폰을 꽂은 채 노트북 컴퓨터에 코를 박고 글을 쓰다 잠시 고개를 들어 창밖을 내다본다.

아직 겨울이 물러가지 않은 2월의 거리를 밝은 겨자색 코트를 입은 젊은 여자가 긴 생머리를 휘날리며 활기차게 걸어가고 있다. 당당하고 생기 있는 그녀의 모습에 피로해진 내 눈이 쉼을 얻는다.

문득 이런 생각이 든다. 그녀가 10년 후에도 저런 걸음걸이로 거리를 활보할 수 있을까? 미간에 내 천(川) 자 주름을 만들고 어깨를 움츠린 채 종종걸음으로 걷지 않는다면, 아마 그때쯤 그녀는 성공한 인생을 살고 있다고 해도 좋을 것이다.

그동안 『여자의 모든 인생은 20대에 결정된다』를 읽은 수십만 명의 '그녀'들이 그러한 자신의 걸음걸이를 지키는 데 조금이나마 도움을 받았을 거라고 믿고 싶다.

벌써 5년이라는 시간이 흘렀다. 막 서른을 넘긴 시기에 벅찬 마음으로 글을 쓰던 나도 이제 30대보다는 40대에 가까운 나이가 되었고, 세상도 많이 바뀌었다. 바뀐 세상에 맞게 내용을 고쳐 개정판을 내자는 제안을 받고 원고를 다시 대하면서 나는 적잖이 당황했다. 과거의 내가 쓴 원고에 자꾸 쓸데없는 잔소리를 덧붙이고 싶은 충동이 느껴졌기 때문이다. 그 충동에 맥없이 끌려가다가는 전혀 다른 책이 나올 판이었다.

더구나 처음 책을 쓸 무렵에는 이 내용이 10년 정도 유효하지 않을까 생각했는데, 지금 와서 보니 세상은 변한 듯해도 여자들의 삶은 별반 달라진 게 없다. 앞으로 몇십 년 후라도 크게 틀린 말은 아닐 것 같다는 생각이 들었다.

원고를 껴안고 한참을 끙끙댄 끝에, 20대를 막 통과한 '신선한' 30대 때 생생한 기억과 감정을 바탕으로 쓴 글을 지금의 내가 더 낫게 고친다는 건 불가능하다는 결론을 내렸다. 그래서 시대 상황에 어울리지 않는 내용을 다듬고 모난 문장을 쳐내어 독자들이 더 편하게 읽어 내려갈 수 있도록 하는 선까지 손을 보기로 했다.

좀 더 매끄럽게 목소리를 다듬고 새로 옷을 갈아입은 『여자의 모든 인생은 20대에 결정된다』가 해마다 새롭게 탄생하는 20대 여자들에게 보다 아름답고 자신감 넘치는 자신을 선물할 수 있기를 바랄 뿐이다.

2009년, 겨울

10년, 그리고 그 후

시작은 참 사소했다. 세상을 대해 점잖게 힌트만 준 책들에 배신감을 느꼈던 갓 서른의 나는 누구나 진짜 세상의 모습을 알아먹을 수 있게 귀띔해 주겠다며 분기탱천해서 책 한 권을 썼다. 그 후 그토록이나 많은 사람들이 이 책을 읽고, 또 그만큼 많은 욕을 먹을 줄 알았다면 감히 이 당돌한 원고에 손을 댈 수 없었을지도 모르겠다.

세상에 막 발을 내딛기 시작한 20대 여자들에게 속물이 되라고 권하는 이 책은 특정 시기를 살던 특정 나이대 여자들 대부분이 읽은 책이 되어버렸지만 혹자는 우연이라고 했다. 하지만 그 우연은 중국과 몽골 등 동아시아 여러 나라들에서도 차례로 일어났고, 이제 이 책을 읽은 사람들은 수백만 명에 육박한다.

나는 이 거대한 필요가 '언니'에 대한 갈증에서 비롯된 것 같다. 빈사지경에서의 수액처럼 당장 나에게 절실한 조언을 "너한테만 해주는 얘긴데······" 하며 속삭여주는 영리한 언니 말이다. 누군가는 돈독한 지인을 통해 쉽게 들을 수 있지만 또 다른 누군가는 평생 들을 기회가 없는 이야기들이 그녀들의 필요와 조우한 것이리라. 이후 비슷한 책들이 셀 수 없이 많이 나오면서 언니의 충고가 흔해졌음에도, 아직도 이 책을 읽는 새로운 독자들이 충격을 받는 것을 보면 신기할 따름이다. 하긴, 무엇에 홀렸던지 작가로서의 품위조차 일단 뒷전으로 하고 할 말은 해야겠다며 써내려갔던 이 원고는 나조차도 다시 읽으면서 충격을 받곤 한다. 아마도 다시는 이런 용감한 책을 쓸 수는 없을 것이다.

한번은 인터뷰를 하고 싶다는 기자를 만났는데 그녀는 사인을 부탁하며 너덜너덜해진 초판을 내밀었다. 빽빽하게 밑줄 그어지고 손때 묻은 책을 보니 어쩐지 눈물이 날 것만 같았다. 20대의 한때 죽을 만큼 힘들었던 그녀와 나는 그렇게 십 년간 함께 있었다고 했다.

그녀처럼 20대 때 이 책을 터닝 포인트로 삼았던 독자들이 각자 선택한 길에서 능력 있는 실무자가 되어 내게 연락을 해오곤 한다. 권한을 이용한 '사심 있는' 섭외라는 걸 굳이 숨기려고도 하지 않고서 말이다. 그녀들은 덕분에 좋은 남자와 결혼해서 행복하게 살고 있다는 소식을 전해오기도 하고, 책 속의 충고에 자극 받아 나쁜 환경에서 탈출할 용기를 내 자유롭게 살고 있다는 인사를 건네기도 한다. 너그러운 그녀들의 공치사대로 이 책이 먼지만큼이나마 그녀들의 훌륭한 삶에 영향을 끼쳤다면 오히려 내가 감사할 일이다. 나의 애정과 용기에 귀를 열어서 화답한 게 그녀들이니 말이다.

나는 앞으로의 또 다른 10년, 지금 20대인 소중한 독자들에게서도 이런 이야기들을 듣고 싶다는 소망을 가져본다.

나는 책의 힘을 믿는다. 그리고 이 책에 20대들의 삶에 전환점을 주는 힘이 있다고 믿는다. 이 책은 아무런 배경지식이 없더라도 쉽게 이해할 수 있게 씌어졌지만 겉보기만큼 만만한 내용을 다루고 있지도 않다. 나는 독자들이 이 책을 통해 의식을 덮은 살얼음을 깨고, 생존 저 너머에 있는 복잡한 숙제들을 던져주며 스스로 깊어지기를 요구하는 책들까지 탐닉하게 되면 좋겠다.

현재의 상황과 독자 눈높이에 맞추어 다시 깎고 다듬는 작업은 결코 쉽지 않았다.

부끄럽게도 이 책을 한 분야에서의 고전이 되었다고 추어올려주는 오랜 첫사랑 1세대 독자들과 새롭게 이 책을 선택해 준 젊고 아름다운 당신에게 이 책을 바친다.

2015년 4월 서울에서
남인숙

여자의 모든 인생은 20대에 결정된다

제1판 1쇄 2004년 7월 10일
제1판 48쇄 2009년 7월 24일
제2판 1쇄 2009년 12월 18일
제3판 1쇄 2015년 4월 15일
제3판 10쇄 2023년 2월 5일

지은이 | 남인숙
펴낸이 | 송영석

주간 | 이혜진
기획편집 | 박신애 · 최예은 · 조아혜
디자인 | 박윤정 · 유보람
마케팅 | 김유종 · 한승민
관리 | 송우석 · 전지연 · 채경민

펴낸곳 | (株)해냄출판사
등록번호 | 제10-229호
등록일자 | 1988년 5월 11일(설립일자 | 1983년 6월 24일)

04042 서울시 마포구 잔다리로 30 해냄빌딩 5 · 6층
대표전화 | 326-1600 **팩스** | 326-1624
홈페이지 | www.hainaim.com

ISBN 978-89-6574-476-4